你和梦想的距离，只差高情商的自己

刘一寒 著

贵州出版集团
贵州人民出版社

图书在版编目（CIP）数据

你和梦想的距离，只差高情商的自己 / 刘一寒著 . —贵阳：贵州人民出版社，2018.2
ISBN 978-7-221-14486-7

Ⅰ.①你… Ⅱ.①刘… Ⅲ.①故事—作品集—中国—当代 Ⅳ.① I247.81

中国版本图书馆 CIP 数据核字（2017）第 290741 号

你和梦想的距离，只差高情商的自己
刘一寒　著

出版人	苏　桦
总策划	陈继光
责任编辑	唐　博
装帧设计	末末美书
出版发行	贵州人民出版社（贵阳市观山湖区会展东路 SOHO 办公区 A 座，邮编：550081）
印　刷	武汉立信邦和彩色印刷有限公司（武汉市江岸区谌家矶朱家河上窑村 152 号附 1，邮编：430000）
开　本	889 毫米 ×1230 毫米 1 / 32
字　数	188 千字
印　张	8.75
版　次	2018 年 2 月第 1 版
印　次	2018 年 2 月第 1 次印刷
书　号	ISBN 978-7-221-14486-7
定　价	39.80 元

版权所有 盗版必究。举报电话：策划部 0851—86828640
本书如有印装问题，请与印刷厂联系调换。联系电话：027-65658883

目　录

Part 1　你和梦想的距离，只差高情商的自己

你的不思进取就是对自己的"谋杀" / 002

即使被嘲笑，也要坚持你的梦想 / 009

你的畏缩终究会辜负你的梦想 / 015

别辜负你的梦想，永远激情万丈 / 021

你和梦想的距离，只差高情商的自己 / 026

Part 2　情商高的人总是赢在表达上

会说话的人总是占得先机 / 032

好故事，有效说服的"叩门砖" / 037

有时候你需要委婉地表达 / 042

讲真话也要讲方法 / 048

真正的情商高手，从不给自己找借口 / 053

Part 3　成功不是拼运气，而是拼情商

是什么决定了你有多少真正的朋友 / 060

职场中，会做人比能力更容易变现 / 065

别让"将就"害了你一生 / 070

记住：感情用事一定会付出代价 / 075

学会变通才能走得通 / 080

Part 4　高情商的人，只拼当下

别输给时间，别输给自己 / 086

除了会抱怨，你还会什么 / 090

每天活得像树懒一样，有意思吗 / 095

永远守住自己的底线 / 100

有人已经开始用金钱买时间了，你呢 / 106

Part 5　强大你的气场，控制你的情绪

棘手问题不一定要蛮干，多动动脑子 / 112

拒绝他人不要直接说"NO" / 117

别让你的人生陷进死胡同 / 122

首先，控制好你的情绪 / 128

做人要有气场，处事要有技巧 / 134

Part 6　为什么高情商的人总能战胜逆境

你究竟在害怕什么 / 140

直面逆境，不做"逃兵" / 145

越努力，幸运越早降临 / 151

有一种人，运气永远不会太差 / 156

让那些难堪和困难，成为成长的"磨刀石" / 161

Part 7 你的烦恼,是你还不明白什么是根本

追求想要的生活,别在乎他人说什么 / 168

你的安全感,只能来源于你自己 / 173

迷茫不是你选择安逸的借口 / 178

成功不是机遇的恩赐,而是奋斗的必然 / 183

不要被别人的评价蒙蔽了双眼 / 187

Part 8 耐得住寂寞,才能拥有未来

没有谁是世界的中心 / 194

我们唯一能左右的,只有自己 / 199

寂寞不会被打败,只能被驯服 / 204

不要因为孤单而去"绑架"他人 / 209

只有先相信自己,别人才能相信你 / 214

Part 9　让你的能力大于你的脾气

有能力的人，从不会用脾气征服他人 / 220

办事要有方有圆，你的路才能长远 / 225

心平气和才能走得更远 / 230

不要被"欲望"牵着鼻子走 / 236

对世界报之以笑，世界终将回以拥抱 / 241

Part 10　拥有幸福家庭，成为人生赢家

学会在小事上"傻"一点 / 248

爱，是一种能力 / 253

高情商是家庭关系的"润滑剂" / 258

别把家庭当成负面情绪的"垃圾桶" / 263

妈妈的话从来不是唠叨 / 268

Part 1

很多时候,并非是因为我们自己的能力不足,才无法实现自己的梦想;而是我们在追求梦想的过程当中,缺少了一个高情商的自己。

你和梦想的距离,只差高情商的自己

你的不思进取就是对自己的"谋杀"

我们身边很多人都有相似的感受。每天早上醒来后,机械地洗漱,穿衣,然后出门,上班。到了公司后,匆忙地打开电脑,从邮箱中下载今天要完成的任务,一项一项按部就班地完成,然后下班,回家,睡觉。

最近,朋友罗行书来跟我喋喋不休地抱怨自己的生活。

毕业后顺利进入外企工作的罗行书,恐怕是他那些同学中工作最好的人了。

于是,我问他:"工作稳定,每天朝九晚五,福利丰厚,你又有什么好抱怨的呢?"

他回答说:"问题就出在'朝九晚五'上。"

"你算是幸福的了,别人想朝九晚五还没机会呢!你看我,几乎都没有休息的时间,每个周末都要工作或者出差。"

"可是你的生活很精彩啊，我觉得我的人生简直要沉寂下去了。"

上班后，罗行书发现，他每天只要按部就班地完成工作就好，每一步都有明确的规定和精细的分工，没有什么需要绞尽脑汁去完成的复杂工作，大部分的精力只要用在搞好人际关系即可。虽然公司规定朝九晚五，但因为不用打卡，所以很多同事在将近十点的时候才去上班，随便准备一下就到了中午，晃晃悠悠去食堂吃饭，下午的时候，还可以躲在办公室里午休一会儿，临近下班的时候又有很多同事早退去接孩子放学。

下班之后无事可做，罗行书只好躲在宿舍里面看电视、玩手机，然后睡觉，接着迎接第二个如同复制一般的工作日。

生活一天天重复，一点提高都没有。对于一个初出茅庐的年轻人而言，这份工作，就是在一点一点地谋杀他。

而这个世界上，有千千万万的"罗行书"正在被谋杀。

我们身边很多人都有相似的感受。每天早上醒来后，机械地洗漱，穿衣，然后出门，上班。到了公司后，匆忙地打开电脑，从邮箱中下载今天要完成的任务，一项一项按部就班地完成，然后下班，回家，睡觉。

什么是不思进取？这样的日子便是。一天的时光倏然而逝，而在这整整一天的光阴中，每一分每一秒就像是被上了特定的发条，机械地表演完每一个动作。

平淡无奇，平庸至死。

或许有人会反驳说，难道人生就不能坐在河边慢慢虚度光阴，而一定要有梦想、肯流汗、甘奋斗、获得成就吗？如果一个人有正常的情商，我相信他不会说出这样的话。因为情商高的人知道奋斗的意义、知道梦想为何物，所以一定会用最积极的方式努力地度过他的人生；因为情商高的人知道人生就是要在为梦想流血流汗、拼搏奋进中度过；因为情商高的人知道，安于现状、不思进取潜藏着巨大的危害。

可惜赵川不知道这些——由于上了一所不错的大学，赵川毕业后顺利进入一家工厂担任技术员。刚进入工厂，赵川就有一份不错的薪酬，还有带薪假期，并且，他们工厂在旁边新买了一块地，规划修建住宅小区，厂里的工人可以享受五折优惠。总之，赵川对这份工作满意极了，发誓一定要在技术这条道路上好好做下去。

赵川没有辜负他对未来的规划，作为同组工人中学历最高且技术最强的人，赵川常常得到上司的表扬。可是久而久之，赵川开始变得骄傲，瞧不起身边比自己技术低的人。每当厂里派发一些新的技术知识手册的时候，他就会把册子随手一扔，不屑一顾。每当看到同事张超如饥似渴地阅读那些手册的时候，赵川就会嘲讽道："以前不用功，现在用功有什么用？我告诉你，没用的。"

因为工作实在是太顺心，又仗着自己高超的技术，赵川渐渐开始安于现状，逐渐学会了"混"——得过且过、不思进取地过日子。

厂里的技术主任跑来找他谈话，让他抽空多学点新技术。他却反驳道:"学那些东西没用,我现在能够做好自己的工作,何苦让自己多受累呢?"

主任见劝说没有效果,摇摇头走了。

随着时代的发展,技术不可能一成不变,而是会不断进步和发展。所以,赵川刚进入工厂时引以为傲的技术正在逐渐被时代淘汰。

在一次重要的操作任务中,他靠自己以往积攒的经验进行操作。可是,他操作的机器是工厂最新引进的,且十分考验操作手法。

因为是第一次使用,他不敢轻易尝试,既怕弄坏了机器,更怕出丑。

但是眼看工期越来越近,完不成的话是要惹大麻烦的。没办法,他只能根据以往的经验,硬着头皮操作起来。果然不出所料,因为是第一次操作这种机械设备,所以他不仅没有做好,反而把机器搞坏了。

这件事,给工厂带来巨大的经济损失,工厂老板大为恼火,立刻将他开除了。临走前,主任看着他,惋惜地说:"如果你当初肯多学点新技术,也不至于像现在这个样子。"

世事难料,有些事情的发生就是这样猝不及防。我相信赵川是有情商的,只是在如此舒适和安逸的岗位中,他的情商变低了,每天只想着当一天和尚敲一天钟,最终,这种低情商、不思进取的做法害惨了他。

正如情商大师丹尼尔·戈尔曼所言:"智商高、情商也高的人,春风得意;智商不高、情商高的人,贵人相助;智商高、情商不高的人,怀才不遇;智商不高、情商也不高的人,一事无成。"

所以赵川不得不接受被工厂辞退的现实。

年近不惑的他在新的时代环境下,已然没有任何优势了,即使进入茫茫如海的求职大军中,也只能茫然地望望四周,然后哀叹地走出来。

因此,你想要获得一份体面的工作、一份可观的薪水,想要拥有赡养老人的能力,想实现自己的人生价值……这些梦想或者目标不会自己实现,你必须持续拥有高情商,不能因安逸与舒适的环境,变得不思进取。

显然,和赵川同时进入工厂的张超懂得这个道理。当同龄人都沉浸于在就业难的大环境下能够找到一份合适且待遇不错的工作的喜悦中时,张超开始认真思考——如何才能实现自身价值。

确实,能够得到一份待遇优渥的工作可以说明这个人有一定的工作能力和实力。但是仅凭现有的能力与水平就能让我们在工作中稳步发展、节节攀升吗?答案一定是否定的。难道用不思进取的青春就能换取殷实、富足的生活吗?答案也一定是否定的。

这是张超一进工厂就明白的问题。为了工作、为了生活,必须奋力向前,因为不思进取就是对自己、对梦想的谋杀。

所以,张超不断告诫自己要逃离那个极其安逸的圈子,要努力学习新的技能。

所以,当赵川十分不屑地把厂里发下来的技能手册扔到一边的时候,张超如饥似渴地学习起来。对于张超来说,只要是自己没见识过的东西，都值得借鉴和学习，哪怕是一些已经被淘汰的技术，他也要认真阅读理解，做好笔记。就这样，大量的阅读让张超积累了丰富的理论知识。

有人质疑："只靠每天多看几张纸，真的能够让我们距离梦想更近一些，拥有不平凡的人生吗？"

很显然，这几张纸，有着非凡的意义。

每天的工作任务十分繁重，张超每天不到下班的时候就已经两眼发花、直不起腰，可是他依旧挤出时间学习，就像一块干燥的海绵渴望变得湿润和厚重，就连空气中的水分子也要吸纳进他的胸怀。

当厂里引进了新技术和新工具的时候，那些只在书本中出现过的东西一下子真切地出现在眼前，瞬间，张超的脑子里浮现出一行行当初自己压榨所有空余时间阅读的文字。他按照书上的记载一步步进行实际操作，出现的结果自然也如同自己设想的那样。毫无疑问，张超操作成功了，他成为全厂第一个、也是唯一一个顺利操作新机器和新工具的技术员。

后来，张超逐渐崭露头角，在一次又一次的实际操作中表现出高于旁人的能力，"先进个人""技术骨干"等一个又一个荣誉称号如同雨点般向他砸来，职位越来越高，能力越来越强。

张超做到了——实现梦想——让自身价值得到了充分体现。他没有像很多人那样，一旦找到一份舒适、安逸、稳定的工作，就丢弃梦想，失去折腾的拼劲，任由能力下滑，成为越来越没用的人，让思想变得懒惰，让自己成为谋杀梦想的刽子手。

不要因为你的情商，辜负你的梦想。你一定要让你的生命像火花一样璀璨起来，为这个世界留下独属于你的印记和勋章，也为你留下值得回味的过去，这样才不会愧对你最初的梦想和逝去的青春与生命。

即使被嘲笑，
也要坚持你的梦想

梦想从来都是属于个人的东西，它和旁人没有任何关系，嘲讽、阻止、不认同都不能成为你放弃梦想的理由，唯一能让你放弃梦想的只有低情商的自己。

我认识一个叫祁心的姑娘，学的是广告专业。大学毕业后顺利进入了一家广告公司工作，准备从零做起，大干一番，好好施展自己的才华。

祁心有一个梦想，那就是成为行业内顶尖的广告策划人，为每一个甲方设计出令他们满意的广告文案和广告语，让自己的广告作品成为业界的典范。

为了实现这个梦想，祁心每天都像打了鸡血一样干劲十足，即使从最基本的打杂工作做起她也毫无怨言。她经常对自己说："因为我是新人嘛，新人就该有新人的样子。"

经理对下属要求十分严厉，每次做的文案都要改来改去，大多数人怨声载道，而祁心每次都能开开心心地接受修改意见，回去接着修改；当公司里的同事以前辈的名义欺负她时，她也总是安慰自己这是前辈们对新人的磨砺；即使工资低到不能养活自己的程度，祁心依旧以最饱满的热情投入到工作当中，常常为了做出一份优秀的广告文案而加班至凌晨。

随着经验越积越多，祁心逐渐成了一名合格的广告文案策划，周围的同事也被小姑娘的玩命态度吓到了，纷纷折服于她的敬业勤勉。

祁心的努力被经理看在眼里，也逐渐得到经理的认同，于是经理开始让祁心单独负责一些比较小的项目。虽然项目很小，但是此时已经身为项目主要策划人的祁心不敢有丝毫懈怠，她一边承受着巨大的工作压力，一边咬紧牙关拿出"拼命三郎"的姿态继续工作。

为了完成项目，祁心没日没夜、加班加点地忙碌着。一个星期后，虽然祁心的身体与精神都处于极度虚弱的状况，但心里却高兴万分，因为她的文案让甲方眼前一亮，超出了甲方预估的水准。事后，祁心拿到了经理给她的一个大红包。她高兴极了，下班后就领着我去市区最贵的餐厅大吃了一顿。

在饭桌上，祁心又一次向我讲述了她的远大梦想——成为一名优秀的广告人，通过自己的努力在这座城市里安家。

看着祁心一步一步通过自己的努力接近梦想，我由衷地为她感到高兴，我也希望她能在这座城市站稳脚跟，这样我就多了一个可以畅聊快意人生的好朋友。但是，我万万没有想到那次见面，竟成了我们最后一次见面。

接到祁心电话时,电话那头极其嘈杂,听起来像是在火车站。但她的声音一如既往地饱含热情,她对我说:"我要回家了,再见。"

祁心的家位于西南边陲,一座四线城市,骑上自行车花大半个上午就能逛完一圈的那种。因为心怀梦想,祁心才克服重重困难,来到广告业发达的大城市打拼。但是,祁心的梦想从头到尾都没有得到父母的认可和支持。

在他们的眼中,广告是一个虚无缥缈的东西,他们甚至把广告看作是骗人的东西,所以他们根本不相信有人能够靠制作广告来养活自己。正因为有这样的想法,每次祁心回家,她的父亲就要对她的工作进行大肆批判,母亲也经常说祁心的工作让自己在亲戚面前抬不起头。

和以前的姐妹们聚会时,祁心看到她们一个个都找了个好人家嫁了,每天吃吃喝喝、开开心心地过日子,既不用发愁每天上班迟到这样的小事,也不用发愁下个月的房租怎么交。仅凭父母和夫家,她们就能过上无忧无虑、滋润舒适的生活。

姐妹们都说祁心太傻,非要选择一条艰难的路给自己找不痛快。当祁心反驳说出她的想法时,那些好姐妹就会纷纷嗤之以鼻:"你的梦想太不切实际了,趁你还年轻,赶紧换一个脚踏实地的目标,给自己安排一个稳妥的后路吧。"

父母和朋友的劝阻,让祁心一下子泄了气,虽然一开始她可以通过自我暗示坚持梦想,可父母的一再劝说,姐妹们的甜言蜜语,让祁心动摇了:"一个人的不支持或许不算什么,但是现在身边所有人都强烈建议我放弃,我是不是真的应该放弃梦想,听从父母的安排？"

最终，祁心辞去了广告策划的工作，回到老家接受父亲的安排，到一个亲戚家的公司上班。

挂掉祁心的电话，我心里是说不出的惋惜，而所有的惋惜都归结为一点，那就是：你和梦想的差距，真的只差高情商的自己。

因为梦想从来都是属于个人的东西，它和旁人没有任何关系，嘲讽、阻止、不认同都不能成为你放弃梦想的理由，唯一能让你放弃梦想的只有低情商的自己。

懂得这个道理的人不多，我恰好认识一位。

吴平是一个热爱文学的小伙子。在他很小的时候，就已经为自己选好了将来要走的路，那就是成为一名优秀的作家。所以当别人还懵懂无知、在篮球场上释放荷尔蒙的时候，吴平就已经开始长期向一个电台提供稿子了。虽然吴平的写作水平不差，但如果想把自己的爱好变成职业的话，吴平的水平还有待提高。

于是，吴平常常跑来向我请教，如何才能提高写作能力。我向他推荐了几本书，因为这些书对吴平大有裨益。吴平拿到推荐的书单以后，立刻回到家中，一头扎进了自己的房间，并且一口气写了三大本读书笔记。当看到密密麻麻的笔记时，我吓了一跳——这是我见过最着急提高自己能力的人了。

再看吴平的眼睛，布满了血丝。我责备道："身体健康是最重要的，你急于求成，一下子读这么多书，不但会影响身体健康，而且你这样做无异于揠苗助长，小心得不偿失啊。"

你的畏缩终究会辜负你的梦想

不停地选择尝试，就像是在黑暗中摸索着往前进，因为看不清道路，所以很多人选择了放弃，转身选择一条一眼就能看见尽头的路。这条路虽然好走，却少了许多让人难以忘记的美景；而那些选择未知路途、在未知领域尝试与探索的人，前方的风景到底有多美，走过就不会忘记。

温宁是我见过将生活过得最单调乏味的人。

我家附近新开了一家游泳馆，趁周末有时间，我特意约了温宁去游泳。可是，温宁拒绝了我，理由是"不会游泳"。

"不会游泳也没有关系啊，我们可以去浅水区玩，然后我教你游泳。我保证，这个夏天还没过完，你就可以成为游泳健将。"

尽管我如此盛情相邀，他依然丝毫没有动心，并开始向我诉说种种可能出现的情况，比如游泳馆里的水全是消毒液的味道，而且还混有人群的汗液。对于新手而言，如果在游泳的时候不小心呛几口水，就相当于在喝别人的口水。如果再一不小心抽筋或滑倒，就更是得不偿失了。

其实，温宁不是只对游泳这件事存在偏见，而是对所有的新鲜事物都存在偏见，因为温宁拒绝参加一切他从未参加过的活动。例如，空闲的时候，周围的人会去小区空旷的篮球场打篮球，有的人会邀请温宁参加，温宁摆摆手示意自己不会。温宁确实不会打篮球，但更多是因为他害怕在剧烈的运动过程中摔伤或者骨折，所以他从不碰篮球。

这就是温宁，不去从未去过的餐厅吃饭，不点从未吃过的菜品，因为担心遇上手艺不好的大厨，点到难吃的饭菜；不去从来没有去过的城市，因为担心对路线不熟悉而迷路；不去尝试所有的新科技，买电影票、火车票一定要亲自去人工窗口，因为不相信所有的订票软件和自动售票机；不喜欢款式新潮的衣服，不买从来没有尝试过的颜色和款式，因为担心不适合自己而被人嘲笑……

我曾经痛心疾首地说："温宁，你的情商呢？难道你就要这样乏味、无聊地度过自己的一生吗？你难道就没有梦想吗？"

温宁一脸无辜地看着我，回道："我有情商啊，我也有梦想啊，我的梦想就是在我的职业生涯中越走越远。"

"可是，你的职业生涯走得顺利吗？"

他无语，其实这又何尝不是默认。

一次，温宁的上司临时安排温宁去外地出差，从来没有出过远门的他一下子傻了眼。可是，任务已经派出，没有收回的可能。于是，温宁只好硬着头皮接下这份"苦差事"。实际上，公司其他同事十分羡慕这次出差，不仅餐补是全公司规格最高的，住宿、出行也全部按照最高的规格来安排，而且还有丰厚的出差补助。

但是，对于温宁来说，这却是倒霉的开始，因为他什么都不会。之前出差都是行政部的同事搞定一切出差事宜，但这次行政部的同事恰好有事请假，所以什么都要温宁自己搞定。自己订往返的火车票，自己订入住的酒店，自己搞定出行路线。

这一切让温宁感到焦头烂额，仿佛他正处于兵荒马乱的战场。可是，对于别人而言，这一切简直易如反掌。

更糟糕的是，由于温宁订错了车票，错过了与客户谈判的时间。所以，当温宁火急火燎地赶到见面地点的时候，客户早已经不在那里了。没办法，温宁只好原路返回，但是温宁又订错了车票，将当日返程的车票订成了第二天，所以当温宁火急火燎地赶到火车站取票准备进站的时候，被门口的检票员拦在了门外。于是，温宁又不得不百般询问，如何退票、改签。

经过几番周折，温宁总算顺利回到公司，却因为没有完成出差任务，让公司丢掉了一个客户。后来，温宁的上司再也没有安排温宁出差，也不会让温宁负责重要的客户。

这难道就是温宁有情商的表现？这难道就是温宁为实现梦想所做的努力？

试想，一个真正有情商的人，会因为害怕未知的结果而因噎废食，什么都不敢尝试吗？一个为了实现梦想而努力的人，会墨守成规、心甘情愿地躲在自己熟悉的圈子里小心翼翼地活着吗？

不会。真正情商高的人，宁愿尝尽天下所有的心酸与苦楚也会去大胆尝试；真正情商高的人，宁愿面临失败承受打击也会尝试新鲜事物。

所以，在我看来，温宁不是情商高的人，而他的梦想也注定不会实现。

我为温宁惋惜，但同时也为谢颖欢呼。因为谢颖敢尝试、敢于为梦想拼劲全力，是一个真正情商高的人。

大学时，谢颖学的是播音主持专业。所以毕业参加工作的时候，谢颖就被分配到一个剧场当实习生。当时该剧场正在筹备一场晚会，虽然规模不大，但时间紧迫，所以每个人都打起了十二分精神。

尽管如此，还是百密一疏。谢颖注意到，转场时灯光总是跟不到位，当她向晚会策划人反映这个问题的时候，大家才发现这个问题。随后，她又指出影响那场晚会效果的所有细节问题，例如台本的过渡过于僵硬，演员们退场有些拖泥带水……晚会策划人将这些问题一一记下，并进行改正，得到的效果显然比之前好许多。

出于好奇，晚会策划人问谢颖："你一个初出茅庐的实习生，为什么会有这么多经验？"她回答道："因为我在大学期间参加过很多场晚会的准备工作。"

说得如此轻松，但其实谢颖经历了许多挫折。

刚开始的时候，因为没有任何经验，所以谢颖只能做一些打杂的工作，例如搬运舞蹈服、道具，帮演员提示台词……她几乎做遍了所有的杂活。和她一起来的同学因为觉得太过辛苦、学不到什么东西，纷纷离开，只有她坚持到了最后，因为成为一名主持人是她的梦想。

所以，只要举办晚会，她就会积极参加，即使是做一些杂活。在参加晚会过程中，她遇到过许许多多的状况，小到衣饰松动掉落，大到节目过渡出现长时间空白，但恰恰是因为经历了这些失败，她才积累了丰富的经验，锻炼出了强大的应变能力和心理承受能力。

正如谢颖所说："尝试新鲜事物，即使失败，对我来说也是一件稳赚不赔的事情。"

不停地选择尝试，就像是在黑暗中摸索着往前进，因为看不清道路，所以很多人选择了放弃，转身选择一条一眼就能看见尽头的路。这条路虽然好走，却少了许多让人难以忘记的美景；而那些选择未知路途、在未知领域尝试与探索的人，前方的风景到底有多美，走过就不会忘记。

如果你有梦想，请做一个高情商的人，敢于尝试并拼尽全力。因为高情商的人懂得实现梦想就应该不断去尝试、去征服，去尝试从未尝试过的东西，去征服那些看似无法征服的事情。而那些没有实现梦想的人，不是因为他们能力不足，而是因为他们情商不高。

如果想要取得成功、实现梦想，最先要学会的事情，就是勇于尝试自己从未尝试过的事物，观赏从来没有见过的风景，走从来没有走过的路，而在这一过程中，请带上你的情商，否则你会因为害怕困难而退缩，畏惧挫折而逃跑。

别辜负你的梦想，永远激情万丈

世间情商高的人大有人在，哪怕要在煎熬中苦苦跋涉，哪怕不得不在孤独中行走，哪怕必然要咬着牙拼尽浑身气力，他们也不要没有激情照耀的生活，而要追逐梦想、给生命构筑一个更好的归宿。

生命终将逝去，琐碎的过往都会随风散去，唯有闪耀的日子，终将沉淀成最美的回忆。

换句话说，激情与平淡，虽然都会结出果实，但滋味千差万别，而它的滋味取决于你每天的向上程度。

显然刘子昊品尝到的滋味并不怎么美味。

刘子昊，虽然出身农村，家境贫寒，可学习成绩一直名列前茅，考大学时更是以全县理科第一的成绩考上了名牌大学，成了他们村子里的第一个大学生。

毕业找工作时更是顺利通过笔试、面试，成功进入了一家大型私企。在所有人看来，他不仅是家里的骄傲，未来更是一片"坦途"。

可是每次见他，他总是一副愁眉苦脸、闷闷不乐的样子。一天，他终于向我道出了心中的苦闷。

当时他一脸无奈与痛苦地说道："我每天都过着这种单一、枯燥的日子。现在的我，每天都像机器人一样，日复一日机械、重复地按照既定的模式、明确的规定完成工作。虽然这样的日子能给我足够的安逸，但我的个人价值、能力水平从哪里体现？虽然它是我殷实生活的有力保障，但是我的梦想又该怎样实现？"

事实上，刘子昊说出了大部分年轻人工作、生活的现状，在梦想与现实中徘徊不定。有些年轻人甚至认为只要当下过得好，个人价值、能力水平的体现其实无所谓，只要当下过得如意，梦想是可以弃之不顾的。

但是，暴风雨来临的前夜总是风平浪静。而且，平淡、毫无生气、更无激情可言的日子，会一点点侵蚀我们的斗志，直到我们放弃梦想，心甘情愿变得平庸。

那么，等我们老了，看着一帮年轻人为了梦想激情四射的时候，我们能回忆的是什么？什么都没有。因为我们的人生履历上空白一片，因为我们将生活过得波澜不惊，我们让梦想从指间流走了。这时候我们只能感叹，如果时光可以倒流该多好，我一定会把握青春、提高情商，好好活一把，用我所有的激情不辜负梦想。

好在，刘子昊能够迷途知返。当每天重复、机械、单调的工作来临时和结束后，那种无法忍受的落寞，让他觉得生命快要停止转动的时候，他唤醒了自己沉睡已久的情商，开始重新思考，寻找改变的方向。

他承受着巨大的压力、不解与嫌弃，离开了不曾用激情照耀的生活。而我能为他做的，就是给予鼓励："不管你以后干哪一行，我相信只要努力坚持，只要在需要思考如何前行、怎样斩断荆棘的时候，不被消极的情绪、感情所累，你一定会有更好的未来。"

他释然地笑了笑，坚定地说："放心吧，我一定会混出个样儿！"

从此之后，他每天把自己关在屋子里，一头扎进了"无土栽培"有机蔬菜图书的世界里。每次给他打电话时，他总说很忙，看书很累，实践起来更辛苦，但是生活过得很充实，很开心。

再后来，听说他过得并不好。他在研究用发酵的花生壳种植有机蔬菜的过程中，由于营养物调配比例失衡，蔬菜一颗都没长出来，一下子赔了很多钱。

毕竟书本上的知识是一回事，真正种植又是一回事。

再得知他的消息是在电视上，他的有机蔬菜热销全国，他一下子成了90后创业先进人物代表。

而且，他在讲述自己的创业经历时，没有一丝一毫的埋怨，只有微笑和自信。我想，他能取得这样的成就，不知道经历了多少辛酸和苦楚。而他轻描淡写的叙述，让他显得格外耀眼，远比那些在酒桌上，只知道标榜知足常乐却不愿意奋斗、不愿意上进的年轻人强多了。

或许有人会说："我就是很丧，就是喜欢平淡、平庸、没有激情的生活，这有错吗？"的确，每个人都有选择和决定自己生活方式的权利。但是，你不会害怕吗？害怕相恋多年的TA弃你而去，投入他人的怀抱；你不会担忧吗？担忧到了谈婚论嫁的年纪，却没有给对方一个安稳的家的能力；你不会焦虑吗？焦虑身边的人都已经事业有成，而你却买不起倾慕已久的车子、房子；你不会绝望吗？绝望当你走在黑夜里时，跑不动也找不到光，只能眼睁睁地看着梦想在黑暗中一点点消失不见。

选择平淡地度过一生其实并不难，甚至可以说唾手可得。但是当你发现，你想要的，已经变成别人所拥有的，你还会无动于衷，继续过着没有生气、没有波澜、没有激情的生活吗？

世间情商高的人大有人在，哪怕要在煎熬中苦苦跋涉，哪怕不得不在孤独中行走，哪怕必然要咬着牙拼尽浑身气力，他们也不要没有激情照耀的生活，而要追逐梦想、给生命构筑一个更好的归宿。

他们明知自己不够睿智，但依然坚持着；虽然学历不如别人，他们仍要在业余时间给自己充电；即使凌晨1点工作没做完，他们仍会在皱着眉头喝下一杯苦咖啡以后，继续埋头苦干。

因为他们知道每一天甚至每一秒都是充满变数的，没有人会一直行走在被老天眷顾的道路上，谁都不可以替代他们负重前行，可以拯救他们的只有自己以及对梦想的激情。

真正的青春不是要过没有压力的生活，不是躺在床上悠然自得，而是在这个充满诱惑与陷阱的社会，坚持做一个高情商的人，对人生负责；坚持做一个有激情的人，不忘最初的梦想。

你和梦想的距离，
只差高情商的自己

梦想，遥远吗？是水中月，触不可及的吗？对于情商低的人而言，也许是；但对于情商高的人来说，却是实实在在的生活。

很多时候，并非是因为我们自己的能力不足，才无法实现自己的梦想；而是我们在追求梦想的过程当中，缺少了一个高情商的自己。

田老师，我的大学老师，每一个上过他的课的学生，都会觉得那是一种享受。在讲台上，他总是激情飞扬，侃侃而谈，讲课内容和讲课状态不仅能感染学生，而且让学生受益匪浅。

因此每年的选课时期，学生们都会提前下手，就为了抢上他的课程。他的课堂也是学校里的一道亮丽风景线，不论是必修课还是选修课，座无虚席，过道上挤满人也是常态。

大家一致认为，田老师就是为教育事业而生的。

对于我们的玩笑，田老师也开心地接受。教学十余年，他精心完善课件，每年都会做出大的调整和改进；视学生为朋友、为孩子，不论是课上提问，还是课下咨询，不论是生活困惑，还是学习苦恼，他都耐心解答；他成就斐然，无论是学校老师还是学生，对他的工作能力都很认可，对他的工作态度也很敬佩，甚至他的很多作品都见诸报端。

他开心地忙碌着，生活充实而有成就感。

其实，这份生活的坦然、事业的成功，归功于他对自己的深刻认识，对情商的提高，以及对梦想的大胆追求。

不知道他过去的人，或许难以想象，他之前是一家名企的部门主管。而他进入这家名企的原因很简单，工作体面，工资待遇丰厚。

然而，每次面对下属的报告，只能以官话、空话应对时；每次上司开会，他都会不自觉地逃避或者减少发言的机会时……他清楚地知道，自己不适合这个行业。

于是，他毅然辞掉了别人眼中光芒四射的工作，投入到了自己喜欢并擅长的教学领域。虽然工资没有之前多，工作环境也没有之前优越，但是对他而言，却是从未有过的成就感！

对于别人的不解和惋惜，他都一笑而过。

我们不得不说，田老师是一个高情商的人。他的自知、自觉和果断排除他人的不同看法的言行，都是高情商的表现。

梦想，遥远吗？是水中月，触不可及的吗？对于情商低的人而言，也许是；但对于情商高的人来说，却是实实在在的生活。

很多人和田老师的差别就是，他正确地认识了自己，适时地做出了选择，在自己擅长的领域，充分地发挥了自己的优势。而有很多人，为了别人眼中的羡慕，别人嘴中的安定，向现实低下了头。

情商低的人，只会说，现实无奈，空叹英雄无用武之地；面对生活的困难，只会选择抱怨和逃避。而情商高的人，却会热情洋溢地追逐梦想，追寻心中的那份自足。

之前我们公司的一个实习生名叫小李，人长得机灵，思维活跃，创新意识特别强，并且表达能力以及表现力也很不错，是一个做宣传和公关的好材料。所以，短短几个月的实习，就得到了部门管理者的赏识。

但是，因为家里人在家乡——一个三线城市，为他找了一份供水公司的工作——稳定、体面，最终他选择了离开。后来，偶尔和他聊天，他总是一副看破红尘的样子，说着"生活就这么回事"的消极言论。

你还能和他谈梦想吗？不能，也不会。面对生活的不如意，不是去奋力改变，而是用负能量来对人生进行蹂躏的人，是不会实现梦想的。

我能想象到这个小伙子的生活现状——每天做着相同的工作，枯燥而乏味，即使无事可做也要按时出勤，工作第一天的场景就可以推想出退休时的结局。

但现在，也许只有在夜深人静躺在床上睡不着觉的时候，他才会想起自己的梦想；想起曾经为了梦想而去拼搏的日子；想起尽管累却很满足，每天都激情满满的生活状态；想起在为梦想奋进的路途中，那一个个璀璨的荣誉……

这让我想起了网上曾流传过的一句经典的话："不管你学什么专业，找工作一定要找个你喜欢的，这样你每天早晨六点到晚上八点都是高兴的。再找个喜欢的人在一起，这样晚上八点到早晨六点都是开心的，这才是生活……"

话虽然说得绝对了些，但仔细想来也是有一定道理的。生活是为了什么呢？梦想有什么作用呢？

生活如果有意义，能让你从中找到自己的价值，生活便会是开心而充实的。而梦想的追逐过程，正是让你体会自身价值的过程。

对于田老师来说，教书育人是梦想，他在追梦的过程中，即使累也体会着快乐，并得到了学生的认可。他说："我的物质需求不高，为什么要在自己不喜欢、不擅长的领域里沉沦呢？"

对于小李来说，做一名成功的传媒人是梦想，不然他也不会选择到传媒公司来实习，并乐享其中。而生活对于他来说，稳定又是很重要的，所以他选择了稳定的工作，然而却在稳定中迷失了自我，失去了工作的乐趣。而且，他没有"改弦易辙"的勇气，只是一味地消极待之。

事实上，田老师和小李都有追求自己梦想的能力，为什么却成就了不同的人生呢？为什么田老师可以放弃高薪的工作，而小李却没有勇气跳出看似安逸的生活呢？

这是一个很现实的问题，我相信也有很多人会追问，如何才能成为像田老师那样的人，实现自己的梦想呢？

很多时候，并非是因为我们自己的能力不足，才无法实现自己的梦想；而是我们在追求梦想的过程当中，缺少了一个高情商的自己。

高情商，就是对自己及周围具有审时度势的能力，并且对自己有清醒的认识和能够承担相应的压力。

田老师绝对是一个高情商人士的典型代表。他能够在自己年轻的时候尽早意识到自己喜欢做什么、应该做什么。

小李虽然能够认识到自己的兴趣，找到努力的意义和方向，但令人惋惜的是，他没有像高情商的田老师一样，承担起在追求梦想的过程中应当担负起的来自他人和朋友的压力。因此，梦想随着时间的流逝距离他越来越远。

如果我们能够像田老师一样具有高情商，那我们将不会再迷茫下去，而是为追寻梦想找到前进的方向。

想距离自己的梦想越来越近、直至实现吗？那么就让我们成为高情商的"田老师"，避免让自己成为低情商的"小李"。

Part 2

能说话，不代表会说话；会说话，不代表会讲真话；讲真话，不代表要得罪人。

情商高的人总是赢在表达上

会说话的人总是占得先机

事实上，会不会用语言表达自己的观点、意见，也是一个关于情商的问题。在我看来，小赵和刘成的工作能力旗鼓相当，但正是由于小赵的情商相对刘成高，敢于张嘴，善于表达，才让经理逐渐注意到他的工作能力，并把他当作重点培养对象。

刘成又一次在公司年末考核中败下阵来。

当他从部门经理办公室垂头丧气地走出来的时候，关心他的同事纷纷围上来询问情况。

"怎么样，经理没对你做出特别严厉的处罚吧？"

面对大家关心的眼神，刘成强打起精神，笑了笑，回答道："没什么事，让我接下来继续努力就行。"

大家这才放下心来，回到自己的岗位继续工作。

刘成平时在公司里人缘很好，身边的同事遇到什么难事，刘成总是尽心尽力、热心帮忙。大家也都很喜欢这个踏实、勤奋、乐于助人的小伙子。

可是刘成的业绩却糟糕得可怕。相比同组的其他同事，刘成的业绩一直排在倒数的位置，这不免让其他人也跟着着急起来。刘成也曾为业绩不好而愁眉苦脸，但抓破了脑袋也没有想出行之有效的办法来改变现状。

刘成虽然口头上安慰着大家，可是刚刚部门经理已经向他下了最后通牒，如果再没有任何起色，就可以收拾东西回家了。

面对如此大的压力，虽然刘成想要在朋友聚会上极力掩饰自己，但是依然被我一眼看出来他肯定有心事。

等到朋友散去，我单独留下刘成，希望了解事情的原因。刘成只是说自己最近在工作上遇到了一些麻烦，不久之后就能解决。我只得安慰他，希望一切顺利。

其实，从刘成的表现上，再结合我对他之前工作情况的了解，我已经找到了答案——一定是因为他张不开嘴，不敢表达，所以又碰壁了。

在我的记忆中，刘成的自我定位便是"不会讲话"，甚至由于这一自我认知，刘成在与客户的交流中，也确确实实因为"不会讲话"而不敢讲话。

当与客户沟通合作事宜时，刘成不会表达自己的想法，也没有办法与客户顺利沟通。

当客户说道"有什么疑惑或困难可以提出来，咱们一起沟通解决"的时候，刘成便会连连摇头，磕磕巴巴地说道："没……

没有问题了。"

然而,当项目进展到一半出现困难,不得不再次与客户沟通时,客户会说道:"如果有问题就要事先沟通,既然答应了没问题就要一切按合同严格办事。"

就这样,在刘成接手的业务中,有不少合同因此而中断,公司不仅损失了长期合作的老客户,还需要赔偿巨额的违约金。

客户在提及刘成时,总会不由自主地想起这个小伙子的木讷与呆滞,甚至连带着不由自主地担心起刘成的业务能力。不过,这也无可厚非,试想,谁敢放心地把自己的业务交给一个连正常讲出诉求都无法做到的人呢?

刘成的不会说话,不敢表达,不仅表现在接待客户上,还表现在日常工作中。

有一次,经理给下属分配任务。因为每一项任务不同,每个人可以根据自己的擅长进行挑选。分给刘成的明明不是他擅长的,可是他刚想开口提出意见的时候,却又犹犹豫豫,始终没有提出来。

等到经理确认后,刘成只能是哑巴吃黄连了。就这样,刘成硬着头皮去做自己一点都不懂的工作,最后的结果当然可想而知。尽管刘成付出了努力,却完全是无用功,工作不仅一团糟,还连累整个团队和他一起加班重做。

当被询问为什么不提前申请做自己擅长的工作,以及在工作过程中不向他人申请帮助的时候,刘成张张嘴,欲言又止,把到嘴边的话又咽了回去。

看着低头走出办公室的刘成,经理说道:"连自己的意见都不能表达,还指望他能有什么好的业绩吗?"

其实,经理的这句话又何尝不是点明了刘成在工作中最大的问题。相反,与他同时进公司的小赵,恰恰是一个能说会道的人。

和刘成明显不同的是,小赵每次在接到一项工作时,总会首先和经理沟通,直到确定自己完全理解了经理的意思之后,才会着手进行工作。而且,小赵在进行工作的过程中,一旦遇到什么问题,总会第一时间提出自己的疑惑,并在沟通过程中拿出适当的解决方案,等到经理对这个方案认可后,才会继续工作。

小赵正是因为敢于表达自己的想法,能够与他人进行有效的沟通,工作起来才会达到事半功倍的效果。更重要的是,这是经理非常欣赏的工作方式。

这种能说会道,不是巧舌如簧、不把别人说到无言以对绝不罢休,而是会挑选说话的时机,以及敢于表达自己的观点。如果能够良好地运用这种语言表达能力,那么在很多事情上就会有不一样的发展和结果。

事实上,会不会用语言表达自己的观点、意见,也是一个关于情商的问题。在我看来,小赵和刘成的工作能力旗鼓相当,但正是由于小赵的情商相对刘成高,敢于张嘴,善于表达,才让经理逐渐注意到他的工作能力,并把他当作重点培养对象。

我曾对刘成说:"首先,你要明白自己的能力并不差。但是,如果你想要在工作中得到认可,就要提高自己的情商,学会适当地表现自己。这种表现,自然是要从恰当地说话、勇敢地表达做起。不会说话,把想说的话都咽到自己的肚子里,是很难取得成功的。"

只有先张开嘴表达自己,才有可能踏出走向成功的第一步。

好故事，有效说服的"叩门砖"

一个高情商、懂得说服技巧的人，绝对不会采用这种说教式的说服方式，而是选择用讲故事的方式，将情景、细节一一道来，以自己天马行空的想象力，向被说服的人描绘一幅画面出来。

我曾经有一段非常有趣的旅行经历。

有一年，我报团去云南丽江旅游，在到达玉龙雪山之前，也就是导游还在大巴车上时就一再叮嘱："玉龙雪山是世界上北半球纬度最低、海拔最高的山峰，所以建议大家备上一瓶氧气。"

到达玉龙雪山脚下，我们就被导游拉到一个卖氧气瓶的小商店里。然而，很多人仗着自己年轻力壮，并不想购买氧气瓶。

店主好像一下子就看出了我们的想法，于是就开始热情洋溢地向我们介绍起氧气瓶的好处来："你们准备要爬的这座山峰海拔很高，很多登山者都不敢轻易尝试。因为人在海拔3500米以上会产生缺氧不适的症状，如果没有提前适应这样的条件，再加上极大的运动量，严重者会有生命危险。如果你们准备一个氧气瓶，那么一定会万无一失。这款氧气瓶不仅储氧量充足，而且自重也非常轻，非常适合登山使用……"

就这样，在我们逛这家店的全部时间里，耳边一直充斥着店家的推销声音。看来店家想的是"精诚所至，金石为开"，通过自己的不懈努力来打动我们，以期达到成功推销氧气瓶的目的。

后来，就连导游也有些受不了了，于是他拉着我们一行人离开了这家商店。

为何店主明明口若悬河，但是却一瓶氧气都没卖出去呢？因为在他推销的过程当中，使用了错误的方法，枯燥的理论介绍招致了多数人的反感，以至于连一秒也不想待下去，赶紧拔脚离开了这家店铺，以此来躲避店主的"魔"音。

我们在生活中常常会产生类似的苦恼：当我们想要说服一个人的时候，无论逻辑如何缜密，思路如何清晰，道理如何明了，总是无法第一时间说服对方，或是千方百计费尽口舌之后，对方才勉强同意我们的观点，却又非常容易转而去支持相反的观点。

根本原因在于我们没有掌握正确的说服技巧。试想，有谁会对长篇大论和枯燥的教条理论感兴趣呢？想要说服的人越是喋喋不休，被说服的人就越会对这一观点产生反感情绪，在内心筑起一道"防火墙"，甚至恨不得立刻转身离开。

无法成功说服，只是因为我们缺少一个好的"叩门砖"。

一个高情商、懂得说服技巧的人，绝对不会采用这种说教式的说服方式，而是选择用讲故事的方式，将情景、细节一一道来，以自己天马行空的想象力，向被说服的人描绘一幅画面出来。

例如，人人都喜欢听故事，只要你把想要表达的信息，通过合理的想象编织到故事里，向听众娓娓道来，往往就能恰到好处地打动对方内心最柔软的部分。即使是最固执的人，也能微笑表示赞同。

当口中有了好故事这样的"叩门砖"，那么有效说服便成功了一半。

我有一个朋友马彬，在手头有些余钱以后，就逐渐迷上了炒股。他在刚进入股市时，正巧赶上股市的"牛市"，所有的股票都红红火火，形势一片大好，于是随便买了几只股，就大赚了一笔。

马彬尝到了甜头后就开始变本加厉，对炒股这件事更加上心起来。他购买了几本关于炒股的书籍，没日没夜地研读，甚至为此影响了本职工作，遭到了上司的批评，可他仍然不管不顾，一心投入到股市当中。

后来，马彬购买的股票越来越多，钱也越赚越多。当他看到自己几天之内的收入就要赶上自己辛苦一个月才挣得的工资时，立刻萌发了辞职的念头，想要专心炒股，甚至做起了"股神传奇"的美梦。

这个念头刚一说出来，就遭到了全家人的反对。可是，无论家人如何劝说，也无法改变他想要辞职的想法。正当全家人焦头烂额之际，妻子给马彬讲述了这样一个故事：

> 在一个白砂糖加工厂的仓库，由于香甜的白砂糖对于蚂蚁的诱惑实在是太大了，所以这个仓库总会吸引来很多的蚂蚁。仓库管理员发现了之后，就想了一个办法对付这些贪吃的蚂蚁。他找来一个透明的宽胶带，上面抹上一层浅浅的白砂糖，这样蚂蚁来偷吃的时候，那些过于贪婪而不舍得在最佳的时候离开的蚂蚁就会被粘在上面。再加上不停地拼命挣脱而筋疲力尽，蚂蚁们只能坐以待毙，静静地等待管理员的处置。

故事中的蚂蚁由于贪得无厌，只顾享受味道甜美的白砂糖，而没有意识到这是一个陷阱，让自己深陷危险当中，而等到它们意识到已经陷入困境的时候，却因为在陷阱中待了太长时间，以至于丧失了自救的能力。

人生中也充满各种各样的诱惑，如果不能抵挡住这些漂亮外衣遮掩下的诱惑，那么也将必然如同蚂蚁一般，付出惨痛的代价。

马彬听完这个故事后，陷入了长久的沉思当中。

良久，他才开口说道："你说得对，股市对于我来说就像是那诱惑力超强的白砂糖，我不能因为几口美味的白砂糖就迷失了方向。我要及时收住自己的私心和贪欲，回归到正途上来。"

于是，马彬在第二天抛出了大部分股票。而且他再也不提辞职专心炒股的事情了，而是尽快将自己的精力重新用到工作上，回归到最初的状态。没过多久，上司又因为他的兢兢业业给了他很多展示能力的机会。

等到股市进入到"熊市"危机后，身边许多沉迷炒股的人都没有及时抽身，所以损失惨重，甚至为此闹得妻离子散、家破人亡。而马彬则幸运地躲过了一劫。

一个生动而形象的故事，不仅能够带来鲜活的画面感，而且还能借此吸引聆听者的注意力，使其产生继续听下去的兴趣。

将道理巧妙地融入到故事情景当中，让聆听者自己通过故事得出结论，远比直接将结论摆在他们面前要令人信服得多。这样一来，不用花费太大的工夫，也能轻易说服对方，达到自己的目的。

有时候你需要委婉地表达

"会说话"与"不会说话"之间,其实就差了一个委婉含蓄。无论遇到什么事情,都直截了当地说出自己的看法当然非常痛快,但往往给别人的感受并不痛快。我们在说话之前,尤其是对他人提出意见,或者指出他人缺点的时候,更应该注意委婉的重要性。

生活当中,我们经常会听到有些人说"我这人没别的毛病,就是说话比较直",并以此为借口,说一些让人觉得虽然很难听却不得不听下去的话,诸如"你最近又胖了!""你比前几年显老了!"这些话难免让听者面露尴尬、心生厌恶,说者却还为自己"耿直"的性格而沾沾自喜,殊不知已经对别人造成了伤害。

确实如此,有很多时候我们所谓"直言快语"的话并不能证明我们性格的耿直,只会让别人认为自己没礼貌、不会说话,甚至已经伤害到了别人而自己还一无所知。

"说话比较直"非但不是一种优点,还是一种不会说话的表现。真正"会说话"的人,往往懂得委婉含蓄地表达自己的意思,让对方听起来心情舒畅,易于接受。

然而,生活当中,不会说话的人并不少见。

一天,我下班回家发现妻子生气地坐在沙发上看电视。

起初,我还以为自己做错了什么,忙倒了一杯水递给她,问道:"这是怎么了?一脸不高兴?"

妻子说:"咱们邻居,就是那个虹姐,我今天去商场买衣服的时候碰到她了。"

我开玩笑地说道:"碰到虹姐怎么了,难道她还骂你了不成?"

妻子说:"那倒没有。今天本来心情好,想去那家新开的商场转转,顺便买一件新衣服。就是因为遇到了虹姐,结果什么都没买成!"

我奇怪地问道:"怎么了,是没找到自己喜欢的衣服?"

妻子生气地说道:"虹姐看见我,就很热情地拉着我一起逛。刚开始我看中了一件粉色的衬衫,就试穿了一下,自我感觉还挺好的。"

我问道:"那你怎么没买啊?"

妻子说:"我从试衣间出来,虹姐就说我脸盘大,不适合穿领口小的衬衫。还说我肤色黑,穿粉色显得更黑,我听了有点不高兴,就默默地把那件衬衫放了回去。"

我接着问道:"就没再试试别的?"

妻子喝了一口水,接着说道:"怎么没试。我又看中了一件长款的荷叶边T恤,穿上后虹姐就说我腿短,穿长款的上衣特别难看。后来我又看上了一件带小熊图案的短裙,虹姐又说我穿上太幼稚了,不伦不类的。虹姐当着那么多人的面说这些话,让我觉得特别不舒服,也特别没面子,一点儿买衣服的心情也没了。于是,我干脆和她说家里有事,赶紧离开了。"

其实,虹姐是一个热心肠的人,平时不管有什么事情找她,她都会尽力帮忙。但她最大的缺点就是说话太"直"了。

记得有一次,我们几个邻居都坐在楼下说话。过了一会儿,虹姐的丈夫胡大哥也搬着一个小板凳走了过来。我向胡大哥打了声招呼:"胡大哥最近又显年轻了啊!"

虹姐听见后,却说道:"年轻啥啊,你没看那秃顶,整个人跟秃子一样。还没上岁数呢,整天迷糊得像个傻瓜一样,昨天去上班在单位还挨领导骂了呢!"

胡大哥略显尴尬地坐了下来,讪讪地说了几句话,就找了个借口回去了。

虹姐显然是不会说话的人,并常常因为直言直语伤害到别人。其实,只要她说话再委婉一点,比如将"你穿粉衬衫不好看"换成"我觉得你穿那套运动服肯定更好看",将"还没上岁数就整天犯迷糊"换成"最近工作太累经常忘记事情",给人的感觉肯定会大不一样。

很多时候,会说话的人并不一定聪明,只是他们情商高,懂得委婉、含蓄地表达自己的意思,减少对他人的伤害。

我的朋友刘振就是一个"会说话"的人。

一次，上司让他用一下午的时间做出三个设计方案，并让他下班前交上成果。

刘振知道自己肯定完不成那么多工作，如果直接拒绝，告诉上司自己完不成，上司肯定会很不高兴。但如果不拒绝，到时候完不成任务更是难堪。

在同事都替他发愁的时候，他却微笑着跟上司说："今天上午，我忙得连口水都没喝，终于完成了两个方案。但时间太紧张了，不知道您看了没有，有没有什么问题，我好改正一下？"

上司一下就明白了刘振的意思，也委婉地说道："我简单看了看，确实存在一些问题，这样吧，你下午先完成一个方案，然后到我办公室，我再把那两个方案中的问题告诉你，你先修改完再说吧！"

很显然，刘振委婉的说话方式给自己减轻了工作压力，解决了眼前的困境。而在生活当中，刘振更是一个会说话的人。

一次，同事小王和刘振出去玩的时候忘带钱，借了刘振200块钱买了双鞋，可能后来给忘了，一直没有还给刘振。这是许多人都会遇到的很棘手的问题，问朋友直接要，显得自己很小气，也会让对方很尴尬；不要，又是自己辛辛苦苦所得，凭什么白白送给别人？

一天中午吃饭的时候，刘振跟小王说："小王，记得你两个月前买了双鞋子。怎么样，穿着舒服吗？我也打算去买一双呢！"

小王想了想说道："很舒服也很结实，明天有时间我陪你去！哦，对了对了，买鞋借你的钱还没还呢，真不好意思，明天就还你。"

第二天，刘振不仅拿回了小王借自己的钱，还由于巧妙地帮小王化解了尴尬，获得了小王的好感与信任。

在与别人交往的过程中，耿直的性格是非常宝贵的，但"耿直"的言语却是越少越好。很多时候，"实话实说"是我们所犯的非常愚蠢的一个错误。学会实话"委婉地说""含蓄地说"才会减少给别人和自己带来的伤害和麻烦。

刘振无论在工作当中，还是在生活当中，都懂得委婉含蓄地表达自己的意思，这是他获得上司理解与同事认可的重要法宝之一。

"会说话"与"不会说话"之间，其实就差了一个委婉含蓄。无论遇到什么事情，都直截了当地说出自己的看法当然非常痛快，但往往给别人的感受并不痛快。我们在说话之前，尤其是对他人提出意见，或者指出他人缺点的时候，更应该注意委婉的重要性。

其实，只要简单地把自己的语言转换一下，从对方的角度出发，就会让对方获得被尊重的感觉，也会乐意倾听与接纳。

如果一个人能够学会说话，尤其是学会委婉地表达自己的意思，就会让自己的人际关系越来越和谐，生活、工作变得更加轻松顺利！

讲真话也要
讲方法

能说话,不代表会说话;会说话,不代表会讲真话;讲真话,不代表要得罪人。

在生活当中,出于关怀或者责任,我们免不了要讲"真话"给自己的家人、朋友或者同事。这不仅能帮助他们更好地成长,也能拉近我们和他们之间的距离,是一件双赢的事情,但是一定要注意这些"真话"的表述方式。

我一个朋友袁策,最近刚进入一家私立高中当老师。

这本来是一件值得高兴的事情,可事实却好像并不是那么回事。

前段时间,我和袁策在一起吃饭时,他言语当中充满了抱怨:"现在的孩子真的是太难管了,说轻了不管用,说重了不是摆脸子赌气就是哭鼻子抹泪。"

我问道:"当个好老师还这么难呢?"

袁策说道:"可不是嘛!其实很多老师,包括我,真的是一点儿私心都没有,都是掏心掏肺地对他们好。我们说的每一句话、做的每一件事,都是为了让他们走到正确的方向上。但可能是他们年龄还小吧,根本就不理解,总是把老师当敌人一样。"

我放下手里的筷子,接着问道:"那你们一般都是怎么管理学生的啊?"

袁策自信地说道:"我一直坚信'严师出高徒',从小我爸也是这么教育我的,所以我一直对自己的学生很严厉。如果他们身上有什么问题,我会毫不留情地指出,并帮助他们改正。"

我继续问道:"比如说,你的一个学生回答不上来一道简单的问题,你会怎么做?"

袁策说道:"当然是要批评,让他们认识到自己的错误,我讲过的问题他们还记不住,这就是态度问题了。"

我接着问道:"如果你的学生完不成作业呢?"

袁策说:"那就更应该批评了,完成作业是一个学生的基本任务,这都做不好,还能做好什么?"

我又问道:"如果你们班的学生染发、穿奇装异服呢?"

袁策说道:"这就更应该严肃处理了,或者罚他们当众自我检讨,或者叫家长。"

听到这里,我笑着问道:"那你这么做的效果怎么样啊?"

袁策很无奈地说道:"效果也是有一点的,但感觉成效不是很大。被批评的学生,可能会认真地听几天课,但过不了多久,老毛病又犯了。还有,完不成作业的永远是那几个学生,都有点软硬不听、油盐不进了。当然，着装问题还好一点，处理后效果比较明显，因为我不管他们听不听，都会强制他们把头发染回来、规规矩矩地穿上校服，但副作用就是他们变得更叛逆了，经常在一些小事上跟我作对。"

我向袁策建议道："老师虽然承担着教书育人的重任，但教育学生不一定要这么严厉。更何况高中的孩子也不小了，说话方式也得注意点吧？忠言不一定要'逆耳'啊，何不尝试换个说法呢？虽然说话方式不一样，但都是真话，都是为他们好，而且效果也肯定会大有不同！"

袁策回去后，改变了一下说话方式。

遇到没好好听课、回答不上问题的学生，虽然他仍知道是学生的问题，却尽量再提一个学生能回答出来的问题，在表扬学生的同时，让他知道认真听课的好处。

遇到学生完不成作业的情况，他会从这些学生每天的进步入手，规劝他们下次做得更好。

遇到染发、奇装异服的学生，他不再劈头盖脸地批评，而是表扬他们独特的审美观念与非同寻常的勇气，并鼓励他们把这种精神用到学习上，让自己的"内在"配得上外表，并告诉他们学生穿校服的好处和作用。

果然，这样过了一段时间后，袁策再也没抱怨过学生难管的问题。

我们是从小背着"良药苦口利于病，忠言逆耳利于行"的古训长大的，并且一直坚信只要是为别人好，讲的是真话、实话，即使说话难听,别人也应该理解我们,甚至要感激我们。但慢慢地我们就会发现,事实并非如此。

每个人都有自尊心,是需要被尊重的。一味地批评、责骂,只能让他们产生厌烦心理,有时候甚至会"狗咬吕洞宾,不识好人心"。

高情商的人,从来不用这种过于直白和犀利的方式指出别人的不足,而会选择一种更加委婉和容易接受的说话方式,即在讲真话、讲忠言的时候,能把要说出口的话进行加工润色,让别人既觉得中听,又能感受到是对他好。

我的一个远房表哥,是做建材生意的,我们平时都叫他大强。

大强就是一个很会"说真话"的人。

他的助理小范,是一个刚毕业的大学生,做事情经常会出现马虎的情况。

一天,小范穿着一身崭新的西装走进了办公室,大强抬头看见后,说:"小范,你真是越来越帅了!不像我们,天天一点朝气都没有,又上点岁数,经常忘这忘那,做什么都不细致。"

小范听了羞涩地说道:"您别笑话我了,我不知道自己什么时候才能像您一样有自己的事业呢!"

大强笑着说道:"会很快的。我最近就发现你工作也跟你个人一样,越来越帅了,出现的错误已经很少了。再多加注意点,肯定会进步更大!"

小范听了很受鼓舞,很高兴地主动改正了自己做事马虎的习惯,并对大强充满了钦佩之情。

大强明明想要批评小范，让他做事不要再马虎粗心，但是他反过来换了一种夸奖的方式，让小范备受鼓舞，工作更有动力。试想，如果大强用非常生硬的方式跟自己的助理说："小范，你工作太马虎了，一定要改正！"小范迫于大强的威严，可能会加以注意，但效果不一定会好。

能说话，不代表会说话；会说话，不代表会讲真话；讲真话，不代表要得罪人。

良药利于病，但不一定要苦口。如果能给良药包上一层糖衣，让人愉快地服用，岂不是两全其美？人人喜欢良药，却没有人喜欢良药的"苦口"。正如人人喜欢真话、喜欢忠言，却没有人喜欢听到别人的批评、责骂。

在生活当中，出于关怀或者责任，我们免不了要讲"真话"给自己的家人、朋友或者同事。这不仅能帮助他们更好地成长，也能拉近我们和他们之间的距离，是一件双赢的事情，但是一定要注意这些"真话"的表述方式。

通常，我们需要做到的是，注意讲话的场合，不要在人多的时候让对方感觉到难堪；注意讲话的内容，时刻维护对方敏感的自尊心；注意讲话的出发点，时刻站在对方的角度想问题。

伶牙俐齿，能说会道，固然是一个人可以炫耀的长处。但会说话，还一定要会说真话，巧说真话，在说真话的同时不但不得罪人，还能让对方对我们产生信任与感激，这才是一种需要我们学习的高情商的说话方式。

真正的情商高手，从不给自己找借口

找借口没有任何意义，它绝不会帮助一个人增长知识和阅历，更不会积累相关的处世经验，它只会让人越来越没有信心，越来越缺乏责任感。

"啪"的一声，王舞狠狠地把一本策划案摔在了桌子上，然后颓然地趴在桌子上，神情非常绝望。周围的同事忙关切地询问发生什么事了，王舞正要向关系好的同事们抱怨，却被经理叫进了办公室。

"你手头上的广告策划怎么样了？"没有多余的话，经理开门见山地问道。

王舞回答道："因为甲方想要的主题还没有定，所以导致策划稿再三改动，而且……"

王舞的话还没有说完，经理就打断了她的话："我只是问有没有完成，你说那么多借口做什么？"

王舞低头想了想，回答道："还没有通过。"

经理点了点头，表示知道了。然后他又对王舞说道："没有通过就好好工作继续修改策划案，但是，我再也不想从你口中听到任何借口。"

"我没有找借口，我只是在解释……"

"行了，你可以出去了。"经理再一次打断了王舞的话。

下班后，感觉自己受了极大委屈的王舞找到我，向我倾诉自己是多么地不容易。

"我们经理未免有点太不近人情了，每次当我向他解释的时候，他总是摆出一副'我不听'的态度，只是冷冰冰地催人赶紧完成工作。"

听了王舞的话，我有些不解，难道上司不就应该是这个样子的吗？于是我安慰她："公司就是一个高度讲求效率的地方，更何况你所在的广告行业更是要求严格遵守时间，所以经理难免会督促你们的工作进度。"

"可是我并没有偷懒耍滑，我之所以没有完成工作，是因为遇到了一些麻烦，这些不断出现的问题又不是我能把控的。"

在平时的工作中，我们常常能听到类似的抱怨，"同事没有负责好前端环节，导致我的工作没有完成""策划申请没有审核，导致我的工作没有完成""同事的不配合，导致我的工作没有完成""隔壁公司在装修，噪音不停地打扰我的思路"……当工作中出现各种各样的问题时，我们总会不由自主地从身边的人、事物开始找借口。

除此之外，王舞爱找借口，并不仅仅体现在工作中。平时朋友聚会的时候，王舞总是迟到几分钟。偶尔一次迟到我们都可以体谅，毕竟每个人都有忙碌的时候，但是经常迟到就会招致朋友们的反感了。

有一次，王舞甚至迟到了整整一个小时，一群朋友只等着她一个人。有人通过电话联系王舞，王舞一直说自己快到了。

等到大家打算散去的时候，王舞突然出现。当被问到迟到的原因，王舞说自己家附近经常堵车，又赶上最近市区大面积修路，所以来晚了。

其中一个朋友比较耿直，直截了当地问道："既然你知道路上会堵车，为什么不提早一点出门呢？"

的确如此，每当王舞出现了一些状况或者错误的时候，她总是能第一时间找到身边事物的问题，而从来没有从自己身上找原因。"找借口"，似乎已经成了王舞在面对问题时唯一会做出的反应。

凡事都为自己找借口，而不寻找解决办法，是一种非常偏执和愚蠢的行为，只有低情商的人才会如此。并且，喜欢找借口的人，通常没有意识到问题恰恰出现在自己的身上，甚至不具备解决问题的能力。

后来，经理建议王舞把这个策划案转交给另外一位同事。王舞心里想，反正甲方特别爱刁难人，自己如此辛苦地应付他们也没有什么结果，不如把这个烫手山芋抛出去。

王舞本来是以一种看笑话的心态交接了工作，然而万万没想到，这名同事不仅一一满足了甲方的要求，而且按期顺利完成了工作。最重要的是，他的策划案被评选为公司年度最佳创意策划案。

看着同事策划出来的广告，王舞心想，并没有什么特别好的创意嘛，要是自己做的话，肯定也能做到这种程度。可是，王舞大概忘记了，正是自己主动把这个机会送出去的。

我想，王舞与这位同事的差距，不是在策划广告文案上，而是在遇到麻烦时，这名同事从来不会从外界寻找借口，而是从自身寻找解决的办法。

为了做好这份策划，同事认真听取了甲方的意见，并专门整理出来一个文档，将所有细节都沟通清楚之后，开始寻找解决办法。当甲方一次次提出修改意见后，同事不厌其烦地提交了二稿、三稿、四稿……当甲方想要任性地按照自己的想法来修改时，同事又耐心解释相关专业知识，说得甲方心服口服。就这样，这名同事通过自己的不懈努力，最终获得了一个皆大欢喜的结果。

的确，只要有耐心，肯花费时间和精力，谁都能把这份工作做好。但王舞从开始就选择了放弃。

高情商的人，向来懂得解决问题的重要性。即使面对一些来自外界的困难，他们也会积极地寻求解决办法。

找借口没有任何意义，它绝不会帮助一个人增长知识和阅历，更不会积累相关的处世经验，它只会让人越来越没有信心，越来越缺乏责任感。

真正的高情商成功人士，不屑于为自己寻找任何借口。

当我们要做的事情遇到困难时，不管多棘手，我们首先要做的，就是停止抱怨，摆脱掉从外界找借口的惯性思维，转而把思考的方向转向我们自身——"我自己有没有责任？""我该如何解决面前的问题？"

停止找借口，会帮助你学会如何适应压力，并且把这种压力转化为把事情解决好的动力。只有学会不找借口，才能不断激发自己的内在价值和潜能。只有学会不找借口，才能够让问题得以顺利解决。

Part 3

我们在工作中,虽然时时都处于一种竞争状态之中,但想要获得成功,比的不仅仅是能力,更是情商。

成功不是拼运气,而是拼情商

是什么决定了你有多少真正的朋友

或许有人会说,人的运气来了,挡都挡不住,命中的贵人来帮你,不想飞黄腾达也不行。金晨之所以能够得到优越的工作,擦鞋匠的女儿之所以能够顺利上学,不是因为运气,而是因为他们有超高的情商,他们懂得经营人际关系,将原本只有一面之缘或数面之缘的过客变成了朋友。

有一句古话叫作"穷在闹市无人问,富在深山有远亲"。

从表面上来解释,意思是说富有、社会地位高的人,总是能结交很多朋友,家中总是高朋满座,门口车马喧嚣,即使是在非常偏僻的地方,也时常有人上门拜访;而那些贫穷和社会地位低的人,则没有那么多朋友,即使身处闹市,也无人问津。

于是,很多人便认定,一个人身边的朋友多不多,和他的社会地位有很大的关系。

事实上，一个人的社会地位与身边朋友的多寡并不是正相关。如果一个人在社交中，情商低，自私自利，高频率让人不爽，即使他位居高位、身居要职，能呼风唤雨、叱咤风云，也会让人感到厌恶、选择远离；如果一个人在社交中，情商高，懂得经营人际关系，即使他只是一个普通人，也会产生强大的吸引力，也能得到别人的尊重。

也就是说，情商才是决定我们朋友多少的关键因素。

朋友金晨就是那种情商高，懂得经营人与人之间关系的人。

金晨曾是一所驾校的教练。其实从一定意义上讲，教练这个职业也是社交范围相对比较广泛的，因为如果你经营好与学员之间的关系，就会为自己建立良好的人际关系；如果你经营不好与学员之间的关系，就是一锤子买卖，因为学员一旦拿到驾照便会与你老死不相往来。

所以同是教练，人际关系经营得好不好，比的不是谁的技术好，而是谁的情商高。

金晨同事的情商明显不够用，因为他从不会和学员好好讲解知识，通常就是训斥。

"教练，接下来要做直线行驶吗？"如果学员不知道下一步该做什么，这样问的时候，金晨的同事陈教练就会不耐烦地说："你自己要考什么项目，你自己不清楚吗？难道等到考试的时候也要我坐在你身边教你吗？"

学员练习完直线行驶的时候，陈教练又会说："让车跑直线不会吗？一直左右打方向盘干什么？歪歪扭扭的，地上爬的蚯蚓都比你开得直。"

如果有学员不会操作,问:"百米加减档中,每一次换挡都要松开油门吗?"

"你怎么这么笨?我教了你多少次了,怎么还不会?"

"可是你真的没有讲过。"

"我没讲过,你就不会在别人练习的时候观察一下吗?你的脑袋是用来当摆设的吗?"

久而久之,学员们纷纷要求调到别的组进行学习。即使申请失败,迫不得已只能跟着他学习,一个个也是面服心不服,盼望着能够早日脱离"魔掌"。

每每看到这种情况,金晨都会替那些学员感到悲伤,当然更多的是替他低情商的同事感到悲哀——即使不是为了建立良好的人际关系,就算让自己每天过得快乐一点,也应该好好对待学员,经营好人与人之间的关系啊。

相比那位同事,金晨在他们驾校可以说是一位口碑不错的教练。不仅是因为金晨教得好,更是因为在学员提问时,他总是能够态度温和地回答,让学员有种如沐春风的感受;还因为无论学员同样的问题问几遍,他都会像第一次教一样充满耐心。

正因为这样,即使金晨所带的学员学完了车、拿到了驾照,他们也不会与金晨断绝联系,甚至会有事没事地跑到驾校里来看望他。一次,金晨的母亲生病住院了。那段时间,金晨教过的,以及正在教的学员纷纷到医院看望老人家。

金晨的一位学员学完车后,开了一家汽车4S店。因为与金晨交谈甚欢，一见如故，又知道金晨一直对车感兴趣，所以，特意聘请金晨到他的4S店当副店长。

这份工作和教练员的工作相比，不仅可以不用在户外风吹雨淋，而且工资待遇也明显提高了。正是因为金晨情商高，懂得处理人际关系，才得到了这个机会。

金晨的经历，让我不禁联想到熟识的那名擦鞋匠。他也没有什么社会地位，而且他所从事的工作在很多人眼中是卑微的，但是他没有因为做着这份工作，而在他的客人面前抬不起头。每当有客人上门的时候，他都会摆出热情洋溢的笑脸，然后主动友善地与客人打招呼；当客人落座，擦鞋匠准备擦鞋之前，擦鞋匠总要细心询问客人的需求以及皮鞋的质地，然后根据具体的情况，采用不同的擦鞋工具和擦鞋方式；而在为客人擦完鞋以后，擦鞋匠还会细心地提醒客户保养鞋子的方法。

在擦鞋期间，擦鞋匠会观察客户的表情，如果客户高兴，擦鞋匠会陪着客户聊一些更高兴的事，比如与客户聊聊家常；如果客户伤心，擦鞋匠会问一句怎么了，如果客户愿意说，擦鞋匠就会当最好的倾听者，然后开导客户，如果客户不愿意说，擦鞋匠也不强求，就会说些发生在自己身上的糗事让客户开心……总之擦鞋匠将每一个客户都当成自己的朋友、亲人，但唯独不是客户。

渐渐地，擦鞋匠有了固定的客户，老客户又带来了新的客户，擦鞋匠的名气大了，摊位也大了，但他一如既往地真诚对待客户，然后是将客户一个个变成了他无话不谈的朋友。

当然，这种高情商的言行，也让擦鞋匠受益匪浅。

因为擦鞋匠属于外来户口，他的女儿想要在他所在的城市上学，必须交一大笔借读费，但是擦鞋匠没有那么多钱。后来，一个常去他那里擦鞋的客人了解到这一情况后，以自己的名义担保，让擦鞋匠贷到了一笔借读费。

或许有人会说，人的运气来了，挡都挡不住，命中的贵人来帮你，不想飞黄腾达也不行。金晨之所以能够得到优越的工作，擦鞋匠的女儿之所以能够顺利上学，不是因为运气，而是因为他们有超高的情商，他们懂得经营人际关系，将原本只有一面之缘或数面之缘的过客变成了朋友。

所以，别再羡慕别人怎么会有那么多朋友，别再用运气或者社会地位为你没有成为别人的朋友开脱，因为能不能成功收获友谊，不拼运气，就看谁情商高，会经营。

职场中，会做人比能力更容易变现

我们在工作中，虽然时时都处于一种竞争状态之中，但想要获得成功，比的不仅仅是能力，更是情商。而会做人恰恰是情商高的一种体现。因为情商高的人，知道会做人比能力更容易变现。

"表哥，我搞不明白，为什么我有能力，而且在公司兢兢业业工作这么多年，每天累成狗，就是升不了职、加不了薪？"表弟一脸无奈地看着我，这样问道。

表弟可以说是标准的学霸型选手，从小到大，大大小小的考试都是第一名，获得的奖状、奖杯更是数都数不过来。知名大学毕业后，在别人还在求职的道路上摩拳擦掌的时候，表弟已经顺利地进入一家知名企业。

尽管表弟能力强，但三年来表弟一直是一个默默无闻的小员工。

"为什么三年来每次评优都没有我？为什么三年来每次升职也都没有我？表哥，我心里憋屈，憋屈得要命。难道我运气真的那么差吗？"表弟继续说道。

"既然你想知道答案，为什么不问问你的上司？或许他能解答你的疑惑。"

表弟没有勇气问。但是，一个月后，当表弟看到部门评优的名单里依然没有自己名字的时候，终于向他的上司提出了自己的疑问。

"为什么每年评优名单里都没有我？难道是我能力不足，如果真的是能力不足，我的工作不可能每次都能得到您的认可。难道真的是我运气不佳吗？"

"不是你运气不佳，而是你不会做人。"表弟的上司推了推鼻梁上的眼镜，继续说道，"你的工作能力我绝对认可，我也希望你能够在职场中得到更好的发展，可是，你知道每次员工测评，部门的同事都是怎么评价你的吗？"

表弟露出惊讶的表情，回答道："怎么评价？难道我有什么得罪大家的地方吗？"

"大家对你一致的评价是团队意识差，搞个人主义，不注意团结同事，不爱参加集体活动……你也知道每次部门评优或者升职，不仅要看业绩，更要根据部门团队意见进行评定。你说，你得到这样的评价，怎么能评优、升职？"

表弟不能接受这个答案。当天晚上就把我约出来，还没等我坐稳，表弟就一通抱怨："什么叫我不会做人，难道我兢兢业业地工作，还抵不过同事的三言两语？"

问明表弟究竟发生了什么事情以后，我说道："那你在公司，都是怎么和你的同事相处的？"

表弟显然还不能平复情绪，带着怒气说道："还能怎么相处，就那样相处呗。"

见我一脸无奈的表情，表弟稍稍平复情绪以后说道："我在办公室基本上不怎么说话，也没有一个聊得来的同事。因为我觉得兢兢业业工作才是王道，所以，同事在聊天沟通的时候，我觉得太浪费时间，还不如自己埋头苦干；同事从家乡带来的美食与大家一起分享的时候，我觉得那不过是讨好、巴结同事的小伎俩……"

"表弟，你的情商哪儿去了？我一直以为你会做人，但现在看来，我错了。"

按道理来说，论学历、资历、工作业绩，表弟都不错，为什么就是升不了职，得不到同事和上司的认可呢？

我们在工作中，虽然时时都处于一种竞争状态之中，但想要获得成功，比的不仅仅是能力，更是情商。而会做人恰恰是情商高的一种体现。因为情商高的人，知道会做人比能力更容易变现。

我曾在车上遇到一个阳光灿烂的小伙子，因为一见如故，所以相谈甚欢。当小伙子讲起他的经历时，他总是会笑着说："我很幸运。"因为他年纪轻轻已经是一家公司的销售主管。

大学毕业后，他就在一家企业当起了销售员。一天，一位气场十足的客户来到他所在的公司，对产品百般挑剔。他主动迎难而上，无论客户提出多么无理的要求，说出怎样难听的话，他始终保持诚恳的微笑，一边不停地说着"对不起"，一边仔细听取和记录客户的想法和意见。当客户发泄完，气势汹汹地离开以后，他也并没有像其他人一样，在背后抱怨客户的种种不是，而是回到他的工作岗位继续微笑工作。

没过多久，他突然被提升为了销售主管。原来刁难他的客户，是他们公司新任的总经理。在晋升大会上，总经理当着大家的面，问他为什么面对质疑和批评，没有反驳或者生气时，他说道："其实当时我的内心也是不平静的，也会生气，因为您很明显就是在故意找茬。但是作为销售员，我深知客户就是上帝，争辩无济于事，反而可能会给公司造成不好的印象。还不如控制好自己的情绪，认真听听客户的真实想法。"

也许你会说，这不是会做人，这是虚伪。可是你要知道，会做人和虚伪是两回事。一个人为了达到某种目的，不断谄媚、阿谀奉承，那才是真正的虚伪；而会做人，不是让你去谄媚、去阿谀奉承，它是一种向上向善的力量，是一种情商高的表现，是在引导你经营你的人际关系、经营你的职业生涯、经营你的生活。

所以，下次当你的同事和你分享好吃的、好玩的，不要认为这是在谄媚、讨好，那只是他人情商高会做人的体现，而你要做的，不是继续保持你的高冷，而是欣然接受，或者再唠几句家常；下次当你的团队要求一起沟通、商讨完成任务的时候，不要认为那是在浪费时间，即使是在浪费时间，你也要表现出你的友好；下次当你被客户刁难的时候，不要认为那是在故意找茬，即使是在找茬，你也要保持微笑，或许你能和那位小伙子一样得到意外的收获。

记住，职场中，会做人比能力更容易变现。所以在攀爬职场这座高峰时，你必须自带刹车，时刻做一个高情商的人，用你高情商会做人的姿态去换得坦途。

别让"将就"害了你一生

努力从来不是伪命题,没有回报的努力,只是因为努力的程度不够,处事的情商不高。

只有低情商的人才会在实现梦想的路上选择将就。高情商的人,会为了成功而付出常人难以想象的汗水。

在公司为成功晋职的同事举办庆祝酒会的时候,高婷盯着眼前的酒杯渐渐走了神。

这是高婷第三次升职失败,满腹的苦闷无处发泄,只好多喝几杯酒。但酒会散后她仍不尽兴,一直打电话嚷嚷着要请我喝酒。

我在电话里听出了不对劲,也感觉她不找到一个倾诉对象必然不会罢休,于是就应了这个局。

高婷说:"我是不是特倒霉,明明已经很努力了,可依然没有得到好结果。"

"这次运气不好,那么就等下次好了。"我轻声安慰她。

"你知道吗?整场酒会下来,都没有一个同事和我搭话,全部跑去向那几个大红人献殷勤,感觉自己像过时的老黄花菜一样摆不上台面。"她揉揉眼睛,继续说道,"这个世界真是太功利了。我当初为什么要来这家公司呢?原因很简单,只要我肯努力,那么就会有大把的升职机会等着我。我想实现自己的梦想和人生价值……"

"实现梦想,其实并不是那么简单的事情。"见她说个没完,我只好打断了她的话,"首先,实现梦想的过程是一条非常漫长的道路。在走向成功的过程当中,充满了太多令人动摇的不确定因素。坚持走下去对大多数人来说是一件很难的事情。你才刚刚走了没有多远,向前看不到希望的终点,转过身也看不到起点,所以心里难免会失去底气。

"实现梦想需要坚持,只有坚持才能在诸多令人动摇的因素中继续向前走,而不是转身回到起点。当然,这种坚持绝不会是无谓的坚持,而是在确定了正确的方向之后,有意义的坚持。否则,就会像一头盲目的小野兽一样,向着距离目标越来越远的方向疾驰而去。

"而且,实现梦想的过程容不得半点将就和马虎,也就是说容不得任何一个低情商的人钻空子。这是个功利的世界,规则已经绝对透明化,所有人都知道只要自己肯努力,就能达到自己期冀的高度。当所有人都在为梦想努力的时候,如果你想要实现自己的梦想,就要付出比别人更多的努力和汗水才可以。如果只是达到了令自己满意的程度,那么只会被别人远远地甩在身后。"

我说这话时，高婷突然站出来反驳我，认为我是鸡汤段子看多了才说出这样冠冕堂皇的话。

的确，在高婷的眼里，她自己是一个"明明非常努力，却没有收获"的倒霉鬼。在她没有意识到自己的问题的时候，一直把自己的失败归结为自己的运气不好，而不是情商不高。

上学的时候，高婷不用花费太多努力就能考取一个不错的分数，于是她就这样持续着，把名次保持在上游位置。每当老师鼓励她让她再向前几名努力的时候，她总是说："那就要看运气了。"

工作的时候也是如此，稍微一努力就获得了上司的赏识和同事的夸赞。不过可惜的是，高婷满足于现状，再也不肯向前多迈出一步。

高婷自以为的努力，与别人相比，不过是九牛一毛。

每次拿到分配的任务时，高婷只把工作做到及格线以上，保证"能用"，就不再动脑完善了。虽然看起来高婷的悟性极高，对工作上手极快，但是她的工作极限也就仅仅停留于此。

"将就着能通过就够了。"这是高婷在面对工作时常有的态度。

而她身边的一些同事，不仅仅满足于把工作完成，而是在保证策划案能用的基础上，拿自己的作品与优秀的作品之间不断进行比较，寻找差距，然后找到完善方案，记录在专门的小本子里。当高婷早早把改了一遍的方案交给上司下班回家时，同事却为了使一个方案更加优秀，抓耳挠腮地三改、四改，啃着面包熬着夜。

时间久了,她与同事间的差距自然而然地也就显现了出来。

由此,也让我想起了曾听过的一个"0.99"与"1.01"的故事。

有一个人非常努力,每次都能让自己接近完美的"1",另一个人则在努力的基础上多努力了一点点,做成了比完美更加优秀的"1.01"。"0.99"看似十分接近成功,但是在每一个"0.99"的积累过程中,反而距离理想中的"1"越来越远;而只比"0.99"多了一点点努力的"1.01",则在日积月累的过程中收获到了远比"0.99"要多得多的东西。

在我看来,高婷的努力就是"0.99"。

谁也不能否认高婷的努力,但是这种努力看似感动了自己,实际上没有任何意义。

在所有人都向着目标狂奔的时候,高婷的闲庭信步看起来可笑至极。虽然目标相同,道路也算正确,但终究会在情商的影响下止步不前。

许多人曾像高婷一样,为距离梦想只差一步而懊悔,为自己的运气不好而怨天尤人。其实,不是因为我们运气不够好,也不是因为上天不想垂青我们,而是我们自身的努力中,掺杂了太多水分与将就,拉低了自己的情商。

努力从来不是伪命题,没有回报的努力,只是因为努力的程度不够,处事的情商不高。

只有低情商的人才会在实现梦想的路上选择将就。高情商的人，会为了成功而付出常人难以想象的汗水。

　　实现梦想的过程容不得一粒沙子，稍有松懈就会让之前的努力付之一炬。如果想要成功驯服这个功利的世界，就要学会不再将就，而是用拼尽全力的努力来面对这个世界。越早明白这个道理，就越接近自己的梦想。

记住：感情用事一定会付出代价

我曾遇到过很多年轻人，他们朝气蓬勃，时时充满了激情。而且他们中间不乏非常有能力有才华的人，但是受到成长环境的影响，受不得半点委屈，常常大脑一热就做出了非常不理智的行为，对他们的成长发展起不到任何帮助。

"你看看这些年轻人，要能力没能力，要耐性没耐性，偏偏一个个心比天高，要求高薪资高福利。"老李一边说着，一边把厚厚一沓求职简历拍在了桌子上。

老李是负责人事招聘的主管，看到他如此唉声叹气，定然是招聘的过程中遇到了不顺心的事情，我不由得走过去询问详情。

老李长叹了一口气，半晌之后，才跟我讲述了事情的原委。

公司招聘进来一名实习生，名叫袁野，原本计划好好培养一下，使其能够早日在公司发挥中流砥柱的作用。

一开始，袁野的能力着实有些欠缺，老李心想，一定要多给年轻人几次机会，如果袁野学习能力强、悟性高，那么也能弥补他的能力问题。

但是，事情却不像老李想象的那样顺利。

按理说，作为一名刚进入公司的新人，对于不会的和不懂的内容，必定表现得谨小慎微，勤勉好学。但是袁野的表现却过于让人关注，不仅三天两头请假，而且对于不懂的内容从来不细心请教，只做出了一堆不能直接使用的半成品，然后就连人影也看不到了。

截止日期就在眼前，公司的同事没有办法，只得把这份工作拿过来分摊一下，重新开始做。

好几位同事连续加班，才把事情解决妥当。就在这时，袁野悄无声息地出现在了公司里。

老李在茶水间堵住了袁野，对他大发雷霆："你这么大一个人，怎么连点责任心都没有？扔下自己的工作就跑出去，还要连累其他人完成你的工作。看看你现在的样子，哪像是一个有担当的成年人，我要是你，早就羞愧地钻进地洞里去了。"

老李越说越激动，语言也开始变得激烈起来。

一开始，袁野只是低着头沉默地听着，后来，他似乎无法继续忍耐，把杯子重重地放在桌子上，说了一句"我不干了"，就大步地离开了。

说到这里，老李气得满脸通红。

我连忙安慰他道:"现在的年轻人都比较有个性,是好事。更何况,说不定袁野只是个性稍微张扬了一点,不拘泥于小节。"

老李说:"事情没有想象的那么简单。现在的年轻人,在全家人的目光下呵护着长大,在成长的过程中没吃过什么苦头,也没遇到过什么挫折,一个个桀骜不驯、心高气傲,可惜的是,他们又没有什么真本事。遇到上司批评两句,非但不认真听取、虚心接受,反而觉得自己受了极大的委屈,还时不时地感情用事。"

我深以为然,点了点头,说道:"不能控制好自己的情绪,感情用事,的确是一个致命伤。"

在我接触的实习生中,不乏几个热血冲动的人。刚开始的时候,因为实习生并没有为公司提供什么实质性的劳动成果,实习期间更多的是培训和学习。因此,实习期间的工资都很低。很多人因为受不了上司们有些严厉的指导,或者是与部门管理者尚未磨合完毕,一时气不过就要辞职、跳槽。没学到什么东西,倒是换了很多份工作,槽越跳越差劲。

老李又重重地叹了一口气,说道:"我最担心的,倒不是公司招不到合适的员工,而是为这些年轻人感到惋惜。"

"惋惜什么?"

"他们有着大好的青春年华,却不好好珍惜。如果现在不充分抓紧时间,好好学点能够安身立命的真本事,一味地谈感情,是对自己的未来不负责任啊。"

"对自己的未来不负责任",老李的这句话,深深地戳进了我的心窝。

人生活在这个世界上，难免要承担起各种各样的责任，对自己的父母、家庭、朋友负责任，对工作、社会和国家负责任，其中最重要的，就是对自己的未来负责任。

每个人的人生短暂而有限，并且，人生还有唯一性和不可复制性。为了让这有限的人生过得精彩、过得有意义，我们一定要对自己的人生产生强烈的责任感。有的时候，当我们过于劳累的时候，对于工作、朋友的责任可以暂且放下，让别人来分担。可是，对于自己人生的责任，我们没有办法转让和分担，只能完完全全由自己来承担。

就像老李经常向实习生们讲的那样："你做的每一份工作，都是在对自己的未来负责。工作的质量，就是你对自己人生的负责程度。"

我曾遇到过很多年轻人，他们朝气蓬勃，时时充满了激情。而且他们中间不乏非常有能力有才华的人，但是受到成长环境的影响，受不得半点委屈，常常大脑一热就做出了非常不理智的行为，对他们的成长发展起不到任何帮助。

简而言之，不善于控制自己的感情和情绪，对身边的人乱发脾气，是低情商的表现。如果情况得不到改善，那么就会出现越来越多的"大龄婴儿"。

与此同时，一个人的不负责任也会影响其家庭、父母、朋友、同事，因此他既无法获得和睦的家庭，也不会在工作中取得什么成就。毫不夸张地说，如果一个人不能学会理性地控制自己的情绪,那么他就会永远地幼稚下去,甚至会距离自己的梦想越来越远。

就拿让老李头疼不已的袁野来说,因为不懂得对自己的未来负责任,永远用自己容易冲动的情绪做事情,面试了一家又一家公司,过了好久也没有真正稳定下来,甚至因为入不敷出,连房租都断交了,怕是要继续开口向家里要钱了。

对自己的未来负责,首先要学会不感情用事。认真对待身边的每一件小事,认真聆听身边人的每一句话。如果你不希望自己的人生从这一刻开始毁掉,就请提高自己的情商,控制好自己容易发热的头脑和情绪,理性地对待身边的每一个人。

学会变通才能
走得通

通往成功的道路有很多，陆路不通走水路。当你拼尽全力往前奔跑的时候，虽然你提速了，但是你未必能够到达终点，因为会有障碍出现。遇到障碍不妨适时停下脚步，换个思路，或许你就能发现有车从身边经过，临时搭个便车，反而能更快到达目的地。

曾经在报纸上看到过一篇访谈。

记者问对方："如今你事业有成，身家丰厚。请问你能告诉我们，你成功的秘诀是什么吗？"

勤奋、变通，这是对方给出的答案。

打拼不勤奋，注定一事无成，这可以理解，但为什么他要特别提到"变通"呢？

对方做出了这样的解释："不勤奋的人，很糟糕，但如果只懂得努力和勤奋，而不懂得变通，那就糟糕透了。就好比工作的难度是一堵高墙，不知变通的人，只知道使劲用头撞墙，希望这样可以把墙推倒，无论多努力，只会落得头破血流的下场。也许换个想法，想着怎么爬上高墙或者换条路走，会更快到达。"

所以说，不是努力了就一定会成功。只知努力，不懂得变通，照样会处处碰壁。

其实，如果你细心观察就会发现，懂得变通也是情商高的一种表现。

送水工老张、老李会轮流往我们公司送水。但是相较于老李，公司的员工都喜欢老张，原因很简单，老张情商高，懂得变通。

每次，轮到老李送水，后勤总要三催四请打好几次电话催促。催得急了，老李就会发脾气。盼星星盼月亮总算等来了老李，当老李慢悠悠换完水，要水票准备走的时候，后勤才发现没有水票了。

第一次的时候，后勤主动提出："老李，要不我们给你现金？"

可是，老李不要现金就要水票，因为他认为水票就是他将水送到指定地点的唯一凭证。

所以，无论后勤如何苦口婆心解释，老李仍无动于衷。不得已，后勤只能顶着烈日跑到老李所在的公司买水票。

后来，每次老李送水到我们公司，第一句话就是："有没有水票，没有水票请先去买水票。"

而老张则不同，每次轮到老张送水，老张都会很快将水送到，麻利地将水换好后，还会主动把不小心洒到饮水机上的水小心翼翼地擦拭干净。

他不仅细心、勤奋，更主要的是懂得变通。因为如果我们忘记买水票，他不会像老李那样一条道走到黑，而是摆摆手说："没事，下次一起给吧。"就算他下次来送水，我们依旧忘记买水票，他也会淡然地笑笑，说："那就下次，把这一次和上次的一块给。"

其实，后勤也劝过老李，让他像老张学习一下，可是老李反而恼羞成怒，说："老张这是在故意挤兑我，准备把我的生意抢走。"

原来，老李不仅不会变通，还不会控制他的情绪。我们真心为他的情商着急，也为他的未来担忧啊。

你可能会说，难道我们就不能坚持原则吗？

实际上，坚持原则和懂得变通并不矛盾。关键在于我们懂得什么时候该坚持原则，什么时候该懂得变通。在涉及底线问题时，就必须坚守原则。比如你是管理者，下属违反了规章制度，就必须进行处罚。因为这时候选择变通，就意味着规则形同虚设。

犹太人有句名言："没有卖不出去的豆子。"意思是说，如果你用尽了智慧，还是没有把豆子卖出去，不妨提高你的情商，学着变通一下，把卖不出去的失落心态变得乐观一点。你可以给豆子加点水放着，等它们变成豆芽再卖；或者你干脆将它们做成豆浆、豆腐、豆腐渣都行……总之，将豆子卖出去的方法很多，只看你的情商高不高，会不会变通。

所以，当你努力了很久还是无法成功的时候，不妨试试变通一下，或许你就能够改变工作效率，突破事业瓶颈；或许你就能够收获友谊，改变你孤家寡人的现状；或许你就能收获上司的信任，变被动为主动；或许你就能够让你的店铺起死回生。

我们家附近有一家音乐主题餐厅，相比周边几家店，这家的生意简直可以用惨淡来形容，一天到晚也不会有一个客人光顾。

我去过几次，音响设备、服务、环境都很不错，但就是没有客人光顾。为了维持店铺，老板绞尽脑汁，想尽一切办法开源节流，裁减员工、削减日常开支，但情况依旧没有任何改观，经营态势每况愈下。

一天，一个年轻的员工对老板说："老板，您要不要试试，给每位唱歌的人赠送我们店的特色饮品？"

老板一听就气炸了："傻瓜，店都要开不下去了，哪里还有闲钱送客人饮品？"

"反正都这样了，何不试试看？"员工一副死马当活马医的表情。

老板仔细琢磨，反正餐厅已经到了关门大吉的地步了，索性放手一搏，试一试吧。但他内心还是觉得这个主意是在赔本赚吆喝。

结果，奇迹一下子就出现了。

当我再次来到他们餐厅的时候发现，他们的生意真的好了很多，门口停满了车辆，来往的人也络绎不绝。

我走进去,只见老板在门口笑得像朵花似的。我开口道:"几天不见,你这店焕发新生机了啊。"

老板有些不好意思了:"是啊,差点错怪了那个孩子。起初顾客们喝完赠送的,觉得好喝、不过瘾,于是开始在我们餐厅消费。再加上我们餐厅有好多特色菜,所以渐渐地大家都愿意来我们餐厅吃饭,就算不为吃饭,来我们餐厅喝一杯特色饮料、听上或唱上几首歌,他们也愿意。就这样,餐厅竟然奇迹般起死回生了。"

"餐厅经营不善,一般人第一感觉就是节省开支,唯有这个小伙子剑走偏锋,你还真得提拔重用那个脑子灵光、会变通的小伙子啊!"

"是是,我已经提拔他了,还给他加了薪。"

正所谓,通往成功的道路有很多,陆路不通走水路。当你拼尽全力往前奔跑的时候,虽然你提速了,但是你未必能够到达终点,因为会有障碍出现。遇到障碍不妨适时停下脚步,换个思路,或许你就能发现有车从身边经过,临时搭个便车,反而能更快到达目的地。

所以,很多时候,成功与失败之间,只差变通,更准确地说,成功与失败之间,只差高情商的你,因为变通也是情商的一部分。

Part 4

高情商的人，只拼当下

人生的每一个努力向前的脚印都是相连的，它将一步步带着你走过昨天，过好今天，成就明天。

别输给时间，
别输给自己

有人说，人生就如同下棋，没有悔棋的机会。所以，很多人在下人生这盘棋的时候，总是举棋不定，一定要将所有可能发生的情况考虑一遍，以此来增加他们赢的几率。可是他们没有想到，在他们举棋不定、犹豫再三的时候，别人已经在旁边摩拳擦掌，准备取而代之，接手这盘棋了。

好朋友陈方是一个喜欢在做事前仔细考虑的人。

前段时间，他们公司有一个自荐升职的机会。自荐非常简单，只要提交申请表和申请人的工作履历即可，同时也是和竞争者们公平竞争的唯一一次升职机会。如果能够成功，那么就能获得一次额外的升职。

面对如此诱人的升职机会，陈方作为他们公司表现优秀、能力数一数二的优秀员工，自然也动了试一试的念头。

可是，当其他人都在忙着填写申请表、工作履历的时候，陈方仍在一旁观望。

我着实替他着急，劝道："你还在等什么？这么好的机会，你一定要抓住。"

可是，陈方一副不急不躁的样子，说："我知道这是一次千载难逢的机会。可是，自荐的人那么多，我没有十足的把握，不如等等看，我再慎重考虑一下。"

"还需要考虑什么？自荐成功，你就升职加薪；自荐不成功，对你也没有任何影响啊。"

"怎么会没有影响？如果我的直属上司知道我递交了升职申请，等结果公布，升职成功了还好，要是失败了，他会不会在平时的工作中为难我？如果我灰头土脸地回去，我的同事难道不会偷偷笑话我不自量力？"

所以，无论我怎么劝他机会稍纵即逝，不如立刻行动，陈方就是无动于衷，坚持等一等，坚持要小心行事。

在观望、慎重考虑的同时，陈方还在四处打探消息。

他先向关系不错的同事打听公司里一共有多少人递交了申请。这种事情不宜公开，在陈方的软磨硬泡下，那名同事只好含糊地告诉他说："递交申请的人挺多的。"

他还试探公司其他同事的口风，想知道他们会不会也有自荐的意愿。

一番打听之后，陈方更坚定了等等看的做法。两个星期后，陈方终于下定了决心，但当他拿着填好的申请表和履历表敲响人事部办公室门的时候，却被告知，报名自荐的时间早在一个星期前就截止了。

刹那间,陈方像泄了气的皮球,差点瘫坐在地上。看到陈方失魂落魄的模样,人事部的同事轻声说道:"老板为了提拔人才,让每个有才能的人都能参与进来,特意将报名的时间延长了三天,所以报名自荐的时间前前后后加起来一共有五天。为什么你现在才过来报名?"

陈方无力回答,只是机械地摆摆手,拖着沉重的步伐一步步挪回他的工作岗位。就这样,陈方和千载难逢的升职机遇失之交臂。

更让陈方受打击的是,自荐成功、升职加薪的同事正好和他很熟,而陈方清楚地知道,他的工作能力略胜那位同事一筹。可是,就是这样一位能力不如陈方的人升职加薪了。

一天,两人聊天时那位同事无意中说道:"你的工作能力大家是有目共睹的,可是怎么没有看见你报名自荐呢?你要是报名自荐,哪儿还轮得上我啊。"

当时陈方的心就开始滴血,但也只能摆出一副佩服的样子,回道:"你太谦虚了,你的能力也是有目共睹的嘛。"

当陈方问那位同事为什么会成功的时候,那位同事回答:"我从来不会去想成功与失败,我只是在做好我分内事的同时,抓紧时间去做罢了。"

"想做,就去做,别等",非常浅显的道理,可惜陈方没有领悟这个道理,所以,他不是输给了他的同事,而是输给了自己,并且输得那么容易,那么彻底——只能将大好的机会、可能属于他的大好前程拱手让人。

有人说，人生就如同下棋，没有悔棋的机会。所以，很多人在下人生这盘棋的时候，总是举棋不定，一定要将所有可能发生的情况考虑一遍，以此来增加他们赢的几率。可是他们没有想到，在他们举棋不定、犹豫再三的时候，别人已经在旁边摩拳擦掌，准备取而代之，接手这盘棋了。

一旦你想的时间太长、等一等的时间太长，就很容易被别人淘汰出局。你或许要一辈子待在原地，或许要从零开始、从头再来，但无论你的结局是哪一种，唯一不变的是，你之前为这盘棋所做的所有努力、所付出的一切，都会付诸东流。

所以，请记住，谨慎考虑固然没错，毕竟它能帮助我们有效避免因为一腔热血的冲动而做出各种各样的傻事。但是凡事讲求过犹不及，如果思虑太过，始终抱着等等看的态度，不肯采取任何行动，就不是高情商者的做法，而是情商低的人瞻前顾后、犹豫不决，既怯懦、又浪费时间的表现。正因为这样，他们每次都会与机遇擦肩而过，永远无法体会到成功的滋味。

与其由于担心自己的能力不如别人、瞻前顾后、摇摆不定而错失良机、万事成蹉跎，不如抓紧时间行动起来。

一寸光阴一寸金，浪费时间是一件可耻的事情。

正如听过的一句话："时间它是个淘气鬼，你抓紧它，它就会尽你所用，你放松它，它就会悄悄溜走不再回来。抓紧或放松全看你的了，希望你不要做后悔的事。"

所以，下次机遇来临的时候，别等，别输给时间，更别输给自己。

除了会抱怨，
你还会什么

你有没有发现，最初的时候，你只是在抱怨"工作不好""男朋友不爱我""朋友这点小忙都不帮我"——你只是在阐述一种现象或既定事实；但是随着抱怨的深入，你的抱怨就变成了"老板就是葛朗台""你以前不会这样对我""他怎么不想想我之前是怎么帮他的"——你开始翻旧账，将抱怨提升到更高层次；再然后你的抱怨上升到了"我们集体辞职算了""我们分手吧""我们绝交吧"——没错，在不断翻旧账、抱怨的过程中，你的抱怨已经变味了，将一件普通的鸡毛蒜皮的小事升级到关乎未来、关乎人生的层面。

我朋友身边有这样一个人，动不动就向我的朋友抱怨天抱怨地。

他的公司开始实行打卡记考勤制度，他就会抱怨："我们彻底要卖身为奴，连个迟到早退的机会都不给我们。"

公司要求员工每天早到半个小时进行培训，他就会抱怨："公司真是太苛刻了，我们已经为公司卖命工作了，为什么还要剥夺我们的自由时间？"

上司委派他出差，他就会抱怨："别人出差，都是去北京、上海，住高级酒店、吃高档西餐，为什么我非要去鸟不拉屎的地方出差，还得自己先垫付出差费？"

上司没有答应他参加某个工作项目，他就会抱怨："我的工作能力虽然不是公司最强的，但和参加项目的人相比，我的能力绰绰有余，凭什么不让我参加！"

如果只是抱怨工作上的事情就算了，可怕的是他什么都向我朋友抱怨。

因为在电梯中抽烟被人嫌弃，他会抱怨："我不就在电梯里抽了一根烟嘛，他们至于一个个露出鄙视的眼神吗？"

他的朋友没有让他坐顺风车，他会抱怨："你说，我朋友真是不给我面子，顺风车都不让坐，是不是看不起我？"

……

我真心可怜我的朋友，我甚至怀疑，如果有一天我的朋友因为某个决定、某个行为"误伤"了他，他会不会像在我朋友面前抱怨别人一样，在另一个人面前抱怨我的朋友。这些我们暂且不论，我更想知道的是自己的这位朋友听到这些抱怨时的心理感受。

朋友有些无奈地说："我感觉自己就是垃圾回收站，源源不断、被动地接受他的负能量，承受着他的负面情绪。"

"那你为什么不开导他？"

"刚开始我也会宽慰他，告诉他抱怨没有任何作用。与其将时间浪费在抱怨上，还不如平复情绪、收拾好心情，认真工作、好好生活，但是，我把嘴皮子都磨破了，他还是会抱怨，用抱怨发泄情绪，好像整个世界都欠他似的。"

"我真的很烦，简直烦透了，这辈子我什么都不后悔，只后悔交了这样一个无时无刻不在抱怨的朋友。"这是朋友的原话。

这也是朋友最真实的感受。

如果你身边有这样的朋友，你会不会感到源自心底的无奈？

如果你就是脾气不好、只会抱怨的人，了解到我朋友的心理感受，你有什么想说的？

如果你想为你的抱怨狡辩，我只能用一位名人的话回复你，那就是："沉溺于抱怨，只会驱走身旁的朋友。为何不放眼未来，用正向思考面对每一天呢？"

有情绪无可厚非，毕竟谁都有压力大、有情绪低落的时候；抱怨发泄情绪也无可厚非，但是抱怨有用吗？

我们都知道，抱怨只会徒增伤悲，但这只是抱怨对我们产生的直接影响，因为抱怨还会对我们产生间接影响，即影响我们的健康。一旦我们开始抱怨、心情会低落，身体的抵抗力也会随之降低，此时我们的怨气就会趁虚而入侵蚀自己的身体。

在抱怨中透支我们的身体健康，这样的"交易"值得吗？

而且你有没有发现，最初的时候，你只是在抱怨"工作不好""男朋友不爱我""朋友这点小忙都不帮我"——你只是在阐述一种现象或既定事实；但是随着抱怨的深入，你的抱怨就变成了"老板就是葛朗台""你以前不会这样对我""他怎么不想想我之前是怎么帮他的"——你开始翻旧账，将抱怨提升到更高层次；再然后你的抱怨上升到了"我们集体辞职算了""我们分手吧""我们绝交吧"——没错，在不断翻旧账、抱怨的过程中，你的抱怨已经变味了，将一件普通的鸡毛蒜皮的小事升级到关乎未来、关乎人生的层面。

因为一点小事，因为心中不满，就在抱怨中草率决定工作的去留、友谊的长短、爱情的分合，真的不会太草率吗？

更重要的是，当你在抱怨工作忙、工作累、工作苦的时候，你的同事因为埋头苦干，工资正在节节高升；当你抱怨这个世界太功利的时候，别人已经开始适应游戏规则奋力前行；当你抱怨朋友"忘恩负义"的时候，你的朋友已经成为别人无话不谈的好兄弟；当你抱怨自己怀才不遇的时候，别人正在马不停蹄地创造机遇；当你抱怨富二代拼爹不公平的时候，富二代努力拼搏的精神远远高于你……更可怕的是，在你抱怨的时候，所有可能属于你的荣耀、友谊、亲情……都在慢慢失去，你终将因为抱怨一无所有。

如果一定要说，你在抱怨中得到了什么，或许你唯一能得到的便是"万事成蹉跎"。

所以，你还要继续抱怨吗？还要在抱怨声中透支健康，在抱怨声中失去一切，在抱怨声中让自己变得一事无成吗？

一个诚恳的建议：与其抱怨，让自己活在无所作为的日子里，不如打起精神、活出一副不再抱怨的模样。

再偷偷告诉你，一个人抱怨的模样其实并不好看，甚至特别丑陋。因为就算你是受害者，只要你开始抱怨，便不再是受害者，而你想要得到大家的认可与同情的初衷，也会被你的抱怨附上"能力有限""心胸狭隘"等色彩。

每天活得像树懒一样，
　　　　　有意思吗

人生的每一个努力向前的脚印都是相连的，它将一步步带着你走过昨天，过好今天，成就明天。虽然保持努力的代价之一就是时常保有危机感，但这和堕落之后产生的绝望和空虚相比，实在是微不足道。

《疯狂动物城》热映的时候，其中的树懒角色赢得了很多关注和粉丝。有不少人戏称，如果能够像树懒一样活着就好了，每天有二十个小时睡觉，两个小时吃饭，两个小时发呆。

这样的话往往刚说完，就会被身边的人怼回去："你能保证你有树懒那么可爱？你能保证自己一天二十四小时不工作就能过上自己想要的生活？"

虽然是玩笑话，却真实反映出了一部分人的生活状态。

朋友余睿就时常有大把空闲的时间，甚至经常在工作时间跑出来找我们几个好哥们聚餐喝酒。一开始，大家碍于情面，纷纷赴约。但是谁都有忙碌的时候，谁都有为了公司业绩要出差、加班的时候。所以，渐渐地，我们赴约的次数越来越少了。

出于好奇，我问余睿原因，他说工作什么时候不能做，为什么一定要把自己逼得那么紧？等有时间再做也不迟。就算工作确实着急，如果能拖到最后一秒完成，余睿也坚决不在前两秒完成。

我劝余睿："趁着现在年轻，别荒废时间，赶紧充实自己，多积累点经验吧。"

这个时候，余睿总会不以为意地笑着回答："人生苦短，要多享受生活。"

就这样，余睿每天都是慢悠悠地去上班，一下班就第一个冲出办公室，上班时间也经常是在喝茶和发呆中度过。周末的时候，更是一整天都躺在床上，要么拿着手机打手游，要么刷电视剧。他曾有过一天之内刷掉半部电视剧的记录，的确过起了如同树懒般的慢生活。

我很疑惑，他这样颓废地生活，难道没有由此产生焦虑和空虚吗？这样的人生，真的是有所收获的人生吗？

但余睿真的有收获，只是，他收获到的不是成功、喜悦、幸福等正向的事物，他收获的是后悔。

一天，余睿慌慌张张地跑来我的公司，问我能不能借给他三万块钱。看着他惊慌失措的样子，我知道肯定发生什么事情了，所以毫不犹疑地答应了他，并带着他一起去银行取钱。拿到钱以后，余睿没有片刻停留，一溜烟向远处跑去。

后来我才知道，原来余睿的父亲在干活的时候不小心摔断了骨头，需要住院静养。余睿拿出所有的家当，也只能勉强凑齐初期治疗的费用。无奈之下，余睿只好向我借钱。

当我去医院探望余睿的父亲，准备走的时候，余睿坚持要送我。

路上，看到余睿一副欲言又止的样子，我主动打破僵局，问道："怎么，是不是叔叔的医疗费不够？没事，都是好兄弟，有事说话。"

余睿连忙摇头，回答道："不是，不是，医药费够了，这还要感谢你的帮忙。"余睿停下脚步，看着我继续说："我就是后悔了。"

"后悔什么？"

"后悔没有珍惜每一天，后悔打着'人生苦短，多享受生活'的旗号荒废每一天，后悔没有好好工作，后悔没有好好赚钱，后悔我所有颓废度日的行为。如果我能好好珍惜时间，努力充实，而不是什么都得过且过、等有时间再做，我也不至于拿不出给我爸治病的医疗费。

"你知道吗？当我看着我爸躺在病床上皱着眉头的样子，看着我妈在病床边偷偷抹眼泪的样子，心里面只有无尽的后悔与痛苦。那种无助的感觉、无能的感觉让我瞬间崩溃。但这种让人崩溃的无力感，我不想再经历第二次。

"直到今天，我才知道原来每天活得像树懒一样，一点意思都没有，一点价值也没有。"

听着余睿的感慨,看着余睿沧桑的模样。我知道曾经那个不知奋斗为何物、只知道优哉游哉过日子的余睿已经不在了,因为他已经开始重生。

在余睿父亲养好伤后,余睿火速转去了销售部,30岁的他和一伙刚毕业的年轻人一起从头学起,从最辛苦的基础工作做起。

在这段日子里,虽然辛苦到连睡觉都成了一件奢侈的事情,但余睿的精气神却越来越好,眼睛里时常绽放着光彩。

慢慢地,他积攒了丰富的销售经验,逐渐成为一名优秀的销售顾问。不仅如此,余睿的工资也水涨船高,年终奖的数额更是让我们几个咋舌。据说公司老板为了奖励销售部的杰出贡献,甚至邀请他们去海岛度假,食宿全包。

在聚会上,朋友们打趣余睿竟能够发生如此巨大的变化。余睿却感慨道:"以前我总以为每天在家刷剧、得过且过,把所有需要当下完成的事情尽量往后拖,每天过着优哉游哉的生活才是生命的意义。可是现实给了我一记响亮的耳光,它告诉我,人生真正的意义不在于你能享受多少欢乐,而是你能抓住多少时间,并在那段时间里得到多少成长。

"所以,现在即使每天忙得累成狗,躺在床上就能呼呼大睡,我也觉得这才是人生该有的姿态。而且我发现,当我摆脱树懒式的生活,真正利用好每一天、每一秒的时候,个人的成长是以发射火箭的速度向上增长的。"

虽然余睿之前浪费生命的选择,着实让人感到惋惜,不过好在迷途知返,还能追寻已逝的光阴。

然而，并不是每个人都能如余睿一般迷途知返，甚至还有一些人以"一辈子还很长""现在还小，不必那么早定目标""梦想的实现是需要一段过程的"为由，继续蹉跎岁月、浪费时间，每天宛如一摊烂泥一样扶都扶不起来。

在我看来，这种理由的出现，这种结果的存在，不过是因为不够努力而已。

其实，人生的每一个努力向前的脚印都是相连的，它将一步步带着你走过昨天，过好今天，成就明天。虽然保持努力的代价之一就是时常保有危机感，但这和堕落之后产生的绝望和空虚相比，实在是微不足道。

同时，要明白你为什么要努力。为了当家人需要你时，你不会除了惭愧一无所有；为了当朋友需要你时，你不会除了歉意一无所有；为了当回想往事时，你不会除了后悔一无所有。

像树懒那样活着真的一点意思都没有。人生实短，别因为蹉跎岁月，让自己后悔莫及；别因为不努力，让万事成蹉跎。你要做的就是抓住稍纵即逝的时光，把每天过得精彩一些，然后静静等待收获丰盛的果实。

永远守住自己的底线

生活就是如此,虽然我们每个人都想安安静静地生活,却时常不能顺遂心意,经常会有一些不速之客跑过来有意无意地为难你。租房的房东、毫无情理可讲的老板,甚至是走在路上的陌生人,其中有些人就像膨胀起来的汽油桶一样,一点就炸,毫无征兆,并且毫无理由。

陆烟最近遇到了一件烦心事。

刚升职加薪的她,手头上突然多了一大笔钱,为了让自己过得舒服一点,她决定搬出那个破得像窑洞一样的房子,在公司旁边租一间一室一厅的小公寓。

据陆烟介绍,现在住的这间屋子实在是太破旧了。因为是顶层,所以冬天冷夏天热,毫不含糊地说,空调机必须一天二十四小时运转,只要稍微关一会儿,屋子里面就不能住人。到了梅雨季，连绵的雨水更是把屋顶墙壁浸了个透，哗啦啦地在屋里下起了小雨。

所以说，搬家对她来说是一件天大的喜事。

然而，让人心烦的根源来自房东。陆烟去找房东退押金的时候，房东说什么也不肯退回押金。

"可是这实在毫无理由，"陆烟向我抱怨道，"我既没有破坏房子里的东西，也没有提前毁约，是非常正常的退租，为什么就不肯退给我押金呢？"

"按道理讲实在是不应该啊。"我冥思苦想，实在找不到合适的理由。

"是不是墙壁上那几道脏兮兮的痕迹？"帮陆烟收拾屋子的一位同事插嘴道。

陆烟解释道："那是屋顶漏雨留下来的痕迹，我也没有什么办法。"

"这件事真是太难办了。"陆烟一下子泄了气，原本的好心情被这件事搞得一团糟，干什么也提不起兴趣，整日闷闷不乐，甚至连工作效率都严重降低了，完全像变了一个人似的。

后来，我实在看不下去了，让陆烟想个解决的办法。陆烟也不想因为这件事而让自己变得萎靡不振，她也清楚再这样下去只会得不偿失。于是她做出了退步和妥协，把东西收拾完之后就潇洒离开了，顺利地搬进了新公寓。

搬家后，陆烟请我们几个好朋友一起吃饭。在饭桌上，陆烟表现出一副久违的轻松，看来这次搬家事件着实让她辛苦了一段时间。

在餐桌上，陆烟说道："不就几千块钱嘛，我就当自己丢掉了，否则一直纠缠着，我的心里也十分烦躁。最重要的是，我终于能住进一间舒适干净的公寓了。"

几个朋友纷纷举起了酒杯，庆祝她脱离"苦海"。

我虽然有些不赞同陆烟用伤害自己利益的办法息事宁人，但也找不出更好的理由来反驳。

后来，正当这次不愉快的搬家经历被我们遗忘在脑后的时候，陆烟突然找到我，说麻烦又找上门来了。

我急忙问发生了什么事。

陆烟回答道："还不是之前那个房东。昨天他突然给我打电话，让我赔给他电热水器的钱。"

我听了之后一头雾水，这都过去半年了，房东让陆烟赔哪门子的热水器钱呢？

"房东说肯定是我租住的时候把热水器用坏的，让我出钱买一个全新的装上去。"说这话时，陆烟咬牙切齿，恨不得把房东放进嘴里嚼烂。

我听了之后也感到十分震惊，我问陆烟："那你打算怎么办？继续花钱消灾吗？"

陆烟摇摇头，眼睛里闪出一道光："这一次再也不能便宜他了。"

接下来几天，陆烟向公司请了几天假，全身心投入其中。她找到了当初租房的中介，把合同明明白白地摊开，又找了一位相关专业的律师朋友作为陪同，不仅用逻辑严谨、合情合理的语言把房东说得无话可说，而且还要回了当初被房东毫无理由扣下来的押金。

这场"战争"可谓大获全胜,让陆烟的心里着实痛快起来。虽然房东跳着脚说"我不会放过你的",但是陆烟只是撇了撇嘴作为回应。

我问陆烟:"这次事件发生之后,事情总算是了结了吧?"

陆烟重重地点了点头,回答道:"彻底结束了。"

生活就是如此,虽然我们每个人都想安安静静地生活,却时常不能顺遂心意,经常会有一些不速之客跑过来有意无意地为难你。租房的房东、毫无情理可讲的老板,甚至是走在路上的陌生人,其中有些人就像膨胀起来的汽油桶一样,一点就炸,毫无征兆,并且毫无理由。

这些事不仅会让我们陷入为难的境地,更重要的是会破坏我们原本的生活,让好心情消失得无影无踪。尤其对于那些心理素质弱的人来说,持续的低落和萎靡会让自己的生活陷入被动和消极的状态。

有些人选择妥协,认为这样可以息事宁人,对方不再纠缠自己,但凡是企图"花钱消灾"的都是低情商的做法。因为现实生活中,花钱并不能消灾,妥协和退步并不会让自己得到安宁,反而给对方留下软弱可欺的印象。既然如此,对方当然会一而再再而三地欺负你。

你的萎靡,只会成为为难你的人的战歌,吹奏着号角继续向你进攻,于是,麻烦还是会源源不断地找上门。

虽然与现在的房东相处愉快，但是陆烟还是心有余悸。抛弃了之前"不做房奴"的观点，逛了几家售楼处之后就拍板决定贷款买房。

本以为有了自己的房子，不再受到房东的无理要求，可以挺起自己的腰板。没想到，陆烟又碰到了让人难以忍受的邻居。

每晚临近睡觉的时候，楼上邻居不知道在做什么事情，刺啦刺啦地发出桌椅与地板摩擦的声音，偶尔还有孩子奔跑时踢踢踏踏的声音，让陆烟非常苦恼。

好几个晚上，陆烟在耳朵里塞上耳塞，把脑袋蒙在被子里面，可是这种"魔音"极具穿透性，透过层层阻碍依然可以直达陆烟的耳膜。

这一次，陆烟吸取了之前愚蠢的低情商做法，直接敲门警告、找物业、报警，一气呵成，畅快淋漓。

不过好在陆烟那天把事情搞得很大，楼上的邻居被这一阵仗吓到了，再也不敢在晚上制造出噪音，就连爬楼梯路过陆烟家门口的时候也会刻意放轻脚步。

陆烟和我讲这段经历的时候，语气里充满了骄傲与自豪。

勇敢站出来维护自己的合理利益，本是一件天经地义的事情，但是现实中，有些人根本没有勇气站出来，被湮没于人潮，以软弱的心态支撑着自己，而自己萎靡的心态，更是从一开始就注定了要打一辈子无法获胜的"战斗"。

如果不想摊上麻烦,让事情彻底解决,那么首先要做的就是让自己的心坚强起来,不再因为这些莫名其妙的麻烦事而让自己萎靡不振。同时,不怕招惹麻烦,摆正自己的态度,不让出自己的分毫利益,这样才是高情商人士的普遍做法,才能从根本上杜绝生活中的各种麻烦。

有人已经开始用金钱买时间了，你呢

不要在无意义的小事上浪费时间。我们不要为了一点蝇头小利和旁人争来争去；不要转乘好几趟公交车而让客户久等，只为了省几十块钱的打车费；更不要在几个国际代购商之间纠结来纠结去，只因为比品牌店便宜几百块钱……

前一段时间，我去朋友唐磊家做客的时候，正巧碰到他家雇佣的小时工刚刚打扫完卫生。

坐在被打扫得一尘不染的客厅里，我对唐磊说道："你小子越来越会偷懒，连家务活都懒得做了。如果照这个势头继续发展下去，不如干脆请一个全职保姆算了，生活起居面面俱到，张张嘴吩咐人干活就行。"

唐磊好似没有听懂我话里的"调侃"，一脸认真地说道："请小时工帮忙打扫卫生真的很划算。请了小时工以后，我每天可以节省出至少两个小时的时间,如果将这两个小时用来工作的话,收益远远比请小时工支出的钱多出好几倍。即使不工作,我也可以用这段时间来浏览行业热点新闻、更新知识储备,提高自己的工作能力;或者学一点和兴趣爱好相关的东西,让自己多才多艺。"

唐磊的生活,也的确如同他所讲述的那样,发生了巨大的变化。他的早晨比之前有了更充裕的时间,等到闹钟响了以后还可以躺在床上醒醒神,然后精心搭配一套体面、舒适的衣服。坐在餐桌前吃早餐的时候,他还可以有条不紊地在手机上制定好一天的工作计划。做完这一切之后,他再开车去公司上班,时间足够充裕,完全不用担心迟到的问题。

因为早晨不再风风火火,或者为了节省时间不吃早餐,唐磊的精神面貌一下子好了很多。并且,合适的着装搭配,让唐磊平添了几分自信。再加上有意识地让自己充电学习,提升专业能力,唐磊在职场中越来越如鱼得水,前途一片光明。

唐磊的做法,是在用金钱来换取自己的时间。从中也可以看得出来,唐磊是一个高情商的人,逻辑清晰,思路明确,能够在时间和金钱之间做出正确的权衡和取舍。

很可惜的是,并非所有人都能够像唐磊一样具有这样的思路和情商。很多人认为金钱是十分宝贵的,它就像一支好用的润滑油,可以缓解一下紧绷的生活,甚至于在金钱面前,很多让人棘手的问题都能迎刃而解。可以说,"唯金钱至上"是他们心中信奉的第一原则。

我不由得想起超市定期举行的大促销活动。

很多超市为了吸引人气和增加销量，都会想出打折促销的方法。每次一贴出降价的海报，人们就会蜂拥前来，超市的过道里全部挤满了前来扫货的人，个个端着恨不得要将超市搬空的架势。要是碰到"前100名顾客享受五折优惠"活动，人们则更是疯狂，为了抢到优惠名额，不惜在超市开门营业前就守在门口排队。

这样做，当然能获得优惠。但是优惠的力度却小得可怜，每斤鸡蛋优惠几角钱，买四五斤鸡蛋不过也就节省几元钱。总共不超过百元的优惠，却要让人在门口等上几十分钟，甚至要在拥挤的人群里挤来挤去，然后还要站在长长的队伍中等待结账付款。

有人说，去超市里抢购促销产品，是退休的大爷大妈们才热衷的活动。其实，年轻人也是如此，只不过是换了一种形式。

网上购物流行起来之后，许多人对着手机一看就是大半天，手指在手机屏幕上不停地划来划去，为的就是能够淘到一件物美价廉的商品，不惜花费一两个小时的时间和网店的客服苦口婆心地讨价还价，只为了几块钱的好评返现或包邮。

或者，有的人为了省去每月几百元的房租，在偏远的郊区租房子，人身安全难以得到保障不说，每天还需要多花费好几个小时的坐车时间才能到达公司。

又或者，有的人为了暂时的酬劳而去接一些单纯出卖体力的兼职，却不去寻找更有意义和价值的实习机会，白白浪费掉能够让自己获得大幅度能力提升的机会。

明明想要节省些什么，却在这个过程中付出了最为宝贵的时间。而且明知付出与收获远远不成正比，偏偏有大把的人乐此不疲，好似捡了天大的便宜。

利弊得失如此明显，为什么还要坚持"抓芝麻丢西瓜"，不是因为情商低，又该用什么样的理由来解释呢？

事实上，高情商的人一定会懂得，时间的自由能够让我们获得比金钱更重要的东西。试想，如果我们拥有大把可以自由支配的时间，那么就可以将这些时间投入到更多有意义的事情上。

我们可以将时间投入到专业技能提升上，让自己有更多的能力成为职场中的佼佼者。最近有一个特别流行的词语，叫作"财务自由"。但我们身边很多实现财务自由的人，通常都经历过"拿金钱换时间"的阶段，因为不想过为金钱所累的生活，所以他们成了用金钱买时间的人。

认识到时间的价值，更要学会珍惜时间。当我们下意识地不浪费时间的时候，就会慢慢感受到时间能够给予我们太多更有意义的东西。

我经常会在做事之前制定一份清晰的行动计划。这份计划不一定落实在笔头上，但一定要确保做到心中有数。我们通常可以在心底里多问几个问题，比如做这件事大概需要花费多长时间？我做这件事的目的和意义是什么？有什么可以更节省时间的替代方法？等到自己心中默默给出答案之后，一定会做出正确的选择。

还有一点，那就是一定不要在无意义的小事上浪费时间。我们不要为了一点蝇头小利和旁人争来争去；不要转乘好几趟公交车而让客户久等，只为了省几十块钱的打车费；更不要在几个国际代购商之间纠结来纠结去，只因为比品牌店便宜几百块钱……

最重要的是，当你在忙乱中节省出宝贵的时间以后，一定要将时间用在有意义的事情上，工作、学习、处理人际关系等均可，而不应该仅仅是单纯地拿它去享受。否则，即使节约再多时间，也没有任何意义。

请记住，当你还在用各式各样的方法消耗自己宝贵的时间时，很多高情商的人，已经开始在各种方面用金钱换取自己的时间。当他们在成功的路上越走越远时，请你及时醒悟过来，转变之前错误的思想，努力成为像他们一样的高情商的人，成为一个勇敢地用金钱买时间的人。

Part 5

强大你的气场,控制你的情绪

人生不可能处处都是坦途,坚持不懈自然是一种值得赞扬的精神,但如果走到悬崖峭壁仍不知转弯,势必会摔得粉身碎骨。懂得回头是岸,才能让我们绝处逢生。

棘手问题不一定要蛮干，多动动脑子

当我们在生活当中觉得自己提出的要求对方可能很难答应的时候，强势地进行要求可能会适得其反。这时候，我们不妨提高自己的要求，让对方觉得难以接受，再渐渐降低到自己初始的目标。此时，对方可能就会觉得你的要求并不过分。

古代有位国王，想从自己的三个儿子当中选出一个来继承王位。

大王子和二王子听到这个消息后，都暗下决心，一定要好好表现，赢得父亲的信任。

于是两个人每天在议事的时候积极发言，还经常根据国内发生的一些事情向父亲提出自己的治理方法，都希望让父亲看到自己杰出的才华。

一些大臣也认为将来的国王不是大王子就是二王子，渐渐地分成了两派，为各自支持的王子出谋划策，甚至经常钩心斗角、互相倾轧。

而小王子却好像对王位毫不在意，每天过得谦虚谨慎。他不仅努力做好父亲交给自己的每一件事，而且还在空闲的时候，经常向父亲请教一些自己不懂的问题，不断学习治国之策，从不盲目地指手画脚。

时间长了，国王越来越觉得大王子和二王子对王位虎视眈眈，但却为人浮躁、沽名钓誉，由此更加喜欢小儿子谦虚低调、大气稳重的处事风格，加之小王子提出的一些治国之术越来越契合自己的心意，最终决定把王位传给小王子。

在这个故事中，一直"前进"的大王子与二王子并没有成为幸运儿。相反，一直在争储之战中"后退"的小王子却成功取得了父亲的信任，成了国王。很多时候，失败并不是我们没有足够的力量前进，而是不懂得把握进与退之间的分寸。

人生道路上不可能处处一帆风顺、一路畅通，在遇到阻碍难以前进的时候，适当退让，反而会成为我们前进的助力，有助于我们走出困境。

我们小区外面有一家米粉店，店长是我表哥的一个朋友，叫老庞。

老庞用短短几年的时间在市里已经开了五家米粉店，生意非常火爆。

有一次去吃米粉的时候，正好遇到老庞，便聊了起来。

见他风尘仆仆，我对老庞说道："刚从另外几个店过来吧？真是要恭喜你了，生意这么好，辛苦点也值了！"

老庞憨厚地笑道："对啊，只要把做生意的门道摸清楚了，付出就会有回报的。"

看着老庞略显疲惫的脸，我问道："老庞，这么多年你太不容易了。我记得前几年你还差点关门大吉呢，没想到短短几年时间就把生意做出规模了，真是让我吃惊不小呢。"

老庞说道："是啊，我那会儿年轻，精神足，干劲儿大，于是卯足了劲儿想把自己的店推销出去，但是只会一味蛮干，不是去外面发传单就是搞促销活动，费尽力气招揽顾客，生意反而越来越冷清，来店里的顾客越来越少，最后差点连工资都发不出来。"

老庞看了我一眼，继续说道："那可真是记忆犹新的一段弯路啊。后来我想明白了，既然向前走不动了，那就歇歇吧。于是我索性把米粉店关了两个月，在家潜心研究怎么提升一下自己的技术。为了让做出来的米粉更加美味可口，我那会儿甚至还吃遍了全城的米粉店，把每一家的优缺点都细心地记下来，回来继续揣摩。"

我说道："对啊，那会儿我们还都以为你要放弃了呢。谁知道两个月后你又不声不响地重新开张营业了。"

老庞说："后来我就不跟着别人一个劲儿往前跑了。而是学会了退后，先提高自己，再提升顾客数量。事实证明，我不一味跟别人抢顾客，顾客反而渐渐多了起来。"

老庞显然是一个高情商的人，他的这一做法，看似是消极的"退步"，却为自己赢得了足够的时间，让他为这次飞跃做了充足的准备。就像一次百米跑步比赛，第一个跑出去的人不一定能第一个到达终点,懂得后退助跑的人往往才能成为冠军。

后退,有时候是一种有策略的前进。懂得这一道理,不仅能为自己赢得更大的成功几率,还能帮助我们化解在工作当中遇到的一些困境。

一次,朋友张忠突然接到了一个非常重要的紧急任务。但是还有几天就到国庆节了,张忠觉得非常为难——如果不加班的话,项目完不成肯定不行;如果加班的话,又害怕同事们会闹情绪,影响项目质量。

无奈之下,张忠只得去找上司反映了这个问题。

上司听完后,跟张忠说:"既然你觉得没办法往前进行,为什么不试着往后退呢?"

看着张忠疑惑的表情,上司接着说道:"小时候我更喜欢我爸爸,而不是我妈妈。因为我爸爸每次都会给我定一个很难的任务,在我尽了很大努力仍然没有完成的时候,爸爸就会站出来帮助我或者主动降低要求,这让我觉得非常轻松。但是我的妈妈却恰恰相反,虽然她每次定的任务不大,但是当我完成一点后,她又会提出新的要求,这让我感到很厌烦。"

听了上司的话,张忠恍然大悟。从上司那里出来,他宣布道:"同事们,由于突然接到好几个紧急任务,这个国庆节我们不放假了,全体加班!"

果然,听到这个消息后,办公室充满了抱怨与不满。

第二天开会的时候,明显看到大家都打不起精神了,张忠只能在一旁安慰:"没办法,我本来也准备回老家的,谁知道出了这么个任务!"

到下午的时候,张忠面带欣喜地又一次宣布:"同事们,好消息!公司体谅大家这半年工作辛苦,决定顶住压力,把客户的要求往后推一推。国庆节期间,我们只完成一个最紧急的项目就可以了,所以只需要加班两天,其他五天照常休息!"

张忠的话音刚落,办公室里充满了一片欢呼声,几乎所有人脸上都带着兴奋与激动的表情。

果然,国庆节的前两天,所有人都很愉快地过来加班,顺利地完成了工作任务。

同理,当我们在生活当中觉得自己提出的要求对方可能很难答应的时候,强势地进行要求可能会适得其反。这时候,我们不妨提高自己的要求,让对方觉得难以接受,再渐渐降低到自己初始的目标。此时,对方可能就会觉得你的要求并不过分。

我们要明白,以退为进的重点不在于"退",而在于"进"。换句话说,"退"其实是一种迂回的前进。生活与工作当中,遇到超出自己能力范围的困难,要懂得"退"的智慧,停下来潜心提升自己,而不是急功近利地着急解决问题。

在与别人交往的时候,更要懂得"退"的智慧。中国人常说的"丑话说在前头""先小人,后君子"正是以退为进的道理,给自己留下足够"退"的空间,方能在退的时候赢得对方的信任,达到在退中前进的效果。

以退为进,应当成为我们每一个人必备的"温柔刀",看似无力,实则胜于一切利器。

拒绝他人不要直接说"NO"

其实,遇到让我们为难的请求,拒绝本是我们无可非议的权利,但为什么别人总对此有怨言呢?好像我们拒绝提供帮助,就是六亲不认、十恶不赦的罪人一般。其实,拒绝别人这件事本身没有问题,问题就出现在我们拒绝的方式上。

文慧从来都不懂得怎样得体地拒绝别人。

一天下午,朋友在文慧上班的时候打来电话:"文慧,你帮帮我吧!我表弟现在要交一篇管理方面的论文,你也知道我的水平,啥也不会写,他就是想顺利毕业,混个文凭而已,但是学校明天就让他交呢,不交的话就没法顺利毕业,我也是愁得没办法了。你正好又是这个专业,能不能帮忙写一下啊?"

文慧想到自己今天的工作任务没有完成,晚上还要加班,而且明天需要早起去见一名客户,于是她就直接拒绝了朋友:"不行，我很忙，你再想想别的办法吧。"

文慧拒绝朋友的理由也合情合理，但是这么直截了当地拒绝，会让朋友觉得非常尴尬，以至于后来好几个月都没和文慧联系。

还有一次，乡下的大伯父一家要来文慧所在的城市旅游，想让她请几天假带着他们在城里逛一逛。但是那个月她恰巧刚被提拔到主管的位置，一旦请假，组里的好几个人就会无人管理，还会耽误公司组织的新主管培训，势必会给自己及公司带来不少损失。

于是，文慧给伯父打电话说道："我现在刚升职，工作忙，不能请假。"

文慧说的也都是真实情况，拒绝伯父的请求也无可厚非。虽然伯父一家后来因为一些其他原因最终也没过来玩，却与文慧有了不小的隔阂。

很多时候，我们都会遇到和文慧相似的情况，经常会有亲戚、朋友、同事让我们帮各种各样的忙。如果自己有能力提供帮助还好，一旦这个"忙"超出自己的能力范围，那么帮忙便会给自己的生活带来诸多不便，直接拒绝他们又会因此而伤害到彼此的感情，让我们十分为难。

其实，遇到让我们为难的请求，拒绝本是我们无可非议的权利，但为什么别人总对此有怨言呢？好像我们拒绝提供帮助，就是六亲不认、十恶不赦的罪人一般。其实，拒绝别人这件事本身没有问题，问题就出现在我们拒绝的方式上。

是的，拒绝也是讲究技巧和方法的。直接地拒绝，确实能省去不少麻烦，但也会给别人留下冷漠的坏印象。就像文慧，虽然成功拒绝了别人，但也失去了别人的好感。一个情商高的人，绝不会选择这种直接而坦率的拒绝方式。如果下次遇到别人提出让我们为难的请求，不妨学会艺术的拒绝方式——委婉而有代替性的拒绝。

什么是"委婉而有代替性的拒绝"呢？简单来说，就是在委婉拒绝别人的要求后，主动为对方想出其他解决方法。

比如，文慧如果将对朋友说的话换成："对不起，我今天也有很多事情需要加班，可能也没什么时间。不如这样，我给你介绍一个不错的论文网站，你可以参考一下，可以从中找到不少需要的资料。还有，写这类论文的时候一定要注意一些问题，我再抽时间给你列出一个大体思路……"这样，只需花费很少的时间，就能委婉地拒绝朋友，还能维系好与朋友的感情。

再比如，文慧如果将对伯父说的话换成："对不起伯父，这个月公司规定不让我们请假，但是上次我几个朋友过来玩的时候报过一个旅游团，他们家食宿特别便宜，而且服务也特别好，你们把信息发过来，我可以帮你们报这个旅行团，你肯定会满意的。"如此一来，产生的结果就会截然不同。

学会艺术地拒绝别人，不仅可以让我们摆脱为难的窘状，而且还能让对方欣然接受，不给对方留下难堪。

我的朋友小山就是一个这样的人。

小山在一家报社工作，平时工作很忙。

他是一个很有原则的人，对于别人的请求，如果自己有能力帮忙，一定会尽力而为。但是，如果因为帮助别人，而严重影响到自己的生活、工作的时候，就会坚决地回绝。不过，小山在拒绝别人的同时，往往都会尽力提出具体可行的意见，所以很多时候，他的拒绝并不会让别人觉得尴尬或反感。

一次，小山的邻居趁着孩子放暑假，想让小山帮忙，抽些时间帮孩子补习作文。

小山想到自己每天下班已经不早了，有时候还得赶稿子，即使在平时，下班后也常常累得连饭都不想吃，更别提再帮别人辅导作文了。

于是，他笑着对邻居说："虽然我现在也是搞文学的，但是这么多年早把老师教的作文技巧还给老师了，我们现在写的东西，跟学校的作文也有很大不同，我也担心自己会把孩子带偏。不过，我姐姐家的孩子去年参加了一个作文辅导班，听我姐姐说效果很不错，我帮你打听一下吧。如果让她帮你报个名，还能优惠点呢。"

小山既委婉地拒绝了邻居，减轻了自己的负担，也为邻居想出了具体可行的办法，让邻里关系不会因此陷入僵局，可谓两全其美。

又有一次，小山的一个朋友要出国一个月，担心自己的宠物狗没有人照管，想托小山帮忙照看一个月。

但是小山从来都不喜欢狗，再加上妻子的洁癖，更让他觉得自己不能帮这个忙。

于是他就告诉自己的朋友:"我从来没接触过什么狗,也害怕给你照顾不好啊!再说我每次回来都很晚了,没时间陪它。这样吧,你把狗狗的照片发给我,我帮你在朋友圈问问,发个公告,找一个喜欢狗、会照顾狗的人,怎么样?"

过了两天,小山成功为朋友找到了合适的寄养家庭,不仅给自己免去了麻烦,自己的两个朋友也因此成了好朋友,一举两得。

所以说,当遇到别人让我们帮忙的情况时,既不能不假思索地一口答应,也不能一口回绝。而是首先要想清楚自己的实际情况,如果真的觉得帮忙会让自己为难,就要坚决地回绝。

然而,拒绝态度的坚决,不代表我们拒绝方式的坚决、语气的生硬,拒绝也是有技巧和艺术性可言的。

换一种方式来说,就是帮助别人的方式不同。

如果我们能够尽自己所能去帮助别人,当然最好不过,毕竟个人的能力都是有限的,我们自己免不了也有需要别人帮助的时候。但是,如果我们没有这个能力,可以帮忙想办法、出主意,帮助别人从其他途径获得帮助,这就是拒绝的艺术性。

从这个层面来说,当一个人人都喜欢的"老好人"也并不是很难,只需要我们懂得拒绝的艺术性,懂得委婉而又代替性地拒绝别人,那么拒绝也会让别人看成是一种帮助。

别让你的人生陷进死胡同

人生不可能处处都是坦途,坚持不懈自然是一种值得赞扬的精神,但如果走到悬崖峭壁仍不知转弯,势必会摔得粉身碎骨。懂得回头是岸,才能让我们绝处逢生。

所有人都在说着要坚持,要有毅力,告诉我们"只要有恒心,铁杵磨成针",却从来没有人告诉我们花费很少的金钱买一根针就能很轻松地解决问题。

一个罕见的饥荒年,一只狼和一只狐狸结伴跑出干旱的森林寻找食物。

狼一直坚持,颇有骨气,除了肉,什么都不吃。

而狐狸在发现不可能有肉吃的事实后,为了活命,吃起了树皮、野草,运气好的时候还能抓到几只苍蝇或虫子。总之不管什么,只要能吃,狐狸就会毫不犹豫地吃下去。

不久，什么都不肯吃的狼因为长期饿肚子，而变得越来越虚弱。

狐狸劝道："老哥，到现在你还认不清现实吗？我们是不可能再吃到肉了，还是有什么就吃什么吧！"

狼摇了摇已经抬不起来的脑袋："不，我绝不会像你一样卑贱地活着。我们是尊贵的食肉动物，怎么能跟乞丐一样什么都吃呢？"

狐狸没有办法，叹了口气，离开了已经走不动路的狼，继续去寻找有人的地方，看能不能捡口剩饭吃。

经过一年的艰难挣扎，饥荒终于过去。狐狸虽然也瘦得皮包骨头，但总算是活了下来。

而那只狼，在狐狸离开后不久，就死在了路边，被几只秃鹫当作晚餐填了肚子。

狐狸和狼截然不同的命运，就在于变通二字。面对恶劣的环境，狐狸懂得变通，改变自己的习性，最终活了下来。而不知变通、死守规矩的狼，却只能被活活饿死。

做人亦然。人生不可能处处都是坦途，坚持不懈自然是一种值得赞扬的精神，但如果走到悬崖峭壁仍不知转弯，势必会摔得粉身碎骨。懂得回头是岸，才能让我们绝处逢生。

记得听过一个小故事，妈妈为了让孩子懂得什么是恒心，为了教会孩子学会坚持不懈，给孩子讲了愚公移山的故事，并在讲完后告诉他："孩子，你看，虽然移掉一座山花费了愚公很长时间，也花费了他很多精力，但他仍然没有放弃，这种坚持不懈的精神，是不是很值得我们学习呢？"

孩子却抬起头，疑惑地问道："妈妈，为什么愚公他们不搬到山那面住呢？不是就不用搬山了吗？"

孩子的母亲听了，一时间哑口无言。

所有人都在说着要坚持，要有毅力，告诉我们"只要有恒心，铁杵磨成针"，却从来没有人告诉我们花费很少的金钱买一根针就能很轻松地解决问题。

很多时候，不是处境艰难影响了我们的发展，而是我们不知变通，挡住了自己前进的道路。

记得小时候，老家县城里的街道上有两个修鞋匠，一个叫老刘，一个叫老姜。

那时候经济条件都不是很好，加上人们都习惯于"新三年，旧三年，缝缝补补又三年"的生活方式，所以，大家即使把鞋子穿旧、穿破也不舍得扔掉，而是坏了之后拿去给修鞋匠修补，之后再接着穿。在那种情况下，老刘和老姜的修鞋摊生意还不错，无论什么时候，摊前都坐满了人，旁边还有一堆待修补的鞋子。

但是后来随着生活水平的提高，需要修补旧鞋的人越来越少，老刘和老姜的生意随之变得不好做了。

一双鞋子本来就不值多少钱，如果他们把修鞋的价钱提高，大家都会觉得不划算，还不如重新买双新的。但是如果他们要的价钱太低的话就是赔本赚吆喝，因为原本来修鞋的人就越来越少，收价太低不仅白耽误一天时间，甚至连成本都收不回来。

无奈之下，老刘只能稍稍提高了点价格，但每天仍然只能勉强赚点钱。每次有人过去补鞋的时候，老刘都会用近乎哀求的语气跟顾客说："我没有打算提价，实在是生意太不好做了，我这一天挣的钱还不够吃饭呢！"

尽管生意不好做，老刘依旧守着自己的修鞋摊子，而老姜则做出了截然相反的决定。

老姜在修鞋生意开始走下坡路的时候，就开始想自己是不是该干点别的。

经过几个月的考虑和筹备，老姜放弃了自己的修鞋摊，开始跟人学起了做煎饼果子。

原来他发现，县城周边新开了很多工厂，上班的人越来越多，但由于早上时间紧张，很多人都顾不上吃饭，所以老张觉得卖早餐一定可以挣钱。

事实证明，老姜的想法是正确的。几年的时间，做煎饼果子给老姜带来了非常可观的收益。

然而，在老刘还在自己的修鞋摊子前感叹生活不易的时候，老姜又果断地放弃了卖煎饼果子，并用自己这几年积攒的钱，买下了一家店面。

几乎每个人见了老姜都会问道："老姜，你那煎饼摊子干得好好的，咋又不干了？做别的生意做不好的话，岂不是把这几年挣的钱都打水漂了？"

老姜听了总是笑笑不说话。

过了几个月的时间，老姜的鞋店在大家疑惑的目光中和噼里啪啦的爆竹声中开起来了。

有过修鞋经验的老姜，知道鞋子什么地方容易坏、什么材质的鞋穿起来舒服，而且他还经常亲自跑到外地进货，严把质量关。

只要在老姜的鞋店里买过鞋的顾客都知道，老姜挑的鞋子一般不会坏。所以即使老姜的鞋子价格高，人们也愿意多花点钱买老姜的鞋。

老姜这时候又拿出了自己曾经修鞋的工具，摆在了鞋店的门口，并向每一位来买鞋子的顾客承诺："只要是在我老姜的鞋店里买的鞋子，不管穿了多长时间，只要它坏了，你还想穿，就拿过来，我免费修！"

这一招果然奏效，老姜的鞋店远近闻名。很多人不惜跑十几里路来买一双鞋，甚至全家一年四季的鞋子都是在老姜的鞋店里买的。

的确，面对未知的情况，安于现状会让我们守住一点点微弱的安全感，而变通则意味着更大的风险。老刘在修鞋的生意不好的时候，也曾打算转行卖水果，但又担心没有货源，更担心水果卖不出去都坏了怎么办。思来想去，他仍然觉得还是修鞋最靠谱，什么都不用担心，修好一双鞋就能挣一双的钱。结果，就算明知修鞋只能勉强糊口，也死守着不放。

而老姜在关键时刻，总是有勇气做出改变。正是这种灵活变通的精神，没有把他困在死胡同里，而是一步一个台阶地往上走，越活越精彩。

司马迁在《史记》中说："常人安于故俗，学者溺于所闻。"如果我们只懂得守,就只能做一个普普通通的常人,甚至连常人的水平都达不到。要想在发展中赢得先机,脱颖而出,就要学会相时而动,适时变通。

有时候,只需要我们勇敢地跳出自己的旧圈子,便能拥有一个新世界。高情商之人总是能够把握住时机,灵活应变,善于变通。

懂得回头是岸,方能让我们避免在一条死胡同里苦苦挣扎。

首先，控制好你的情绪

成功与失败，有时候就在一念之间，失败的人往往把自己看得比天大，眼前的就是永远的，而成功的人则把自己置于一个比较低的位置上，看淡却不看轻自己，着眼于未来，而不是纠结于眼前的得失与悲欢。

想当年电影《无极》上映后，网友戏称其为"一个馒头引发的血案"。殊不知生活中，一件看起来芝麻大点的小事，都有可能引发冲突和不幸，原因就在于有些低情商的人，没有及时管理好自己的情绪，只会图一时的痛快。

有次出差，由于身处外地人生地不熟，又恰逢下雨，我便赶紧站在路边招手打车。说来也凑巧，我一招手就过来了一辆出租车，但是驶到我跟前时，他并没有停下的意思。索性我又拦了一辆出租车，还跟司机说："前面那辆车刚刚明明是冲着我来了，为啥不停呢？"

老师傅笑笑说："可能这是路口，怕交警查吧。"

可是，我刚坐上这辆出租车，之前拦的那辆出租车司机就停车下来了。一位年轻人径直走到我这辆出租车前，双手往车前引擎盖上一放，一副气急败坏的样子。然后，他勾了勾手指，骂骂咧咧地示意司机师傅出来。

老师傅憋红了脸，非常生气地说道："有事说事，干嘛骂人啊？你要干嘛？"

年轻人用手使劲戳了戳老师傅的胸口："要干嘛？这是我想问的吧，你凭什么抢我的客人，这位大哥先叫我的车，你明摆着抢生意啊，你是不是不想活了，臭老头。"

老师傅气得手直发抖："我没抢，我看见有客，能不拉吗？"

年轻人不等老师傅把话说完，冲着老师傅的脸上狠狠地打了一拳，两人互不相让，开始厮打起来。我由于着急赶时间，只能换乘另一辆出租车。这次是一位女司机，一上车她就说道："刚才这事我都看见了，年轻人就是气盛，要是我就不会这样，不就少跑一趟活嘛。都是老司机，应该知道干这行都不容易，现在可好，只顾着打架，都别拉活了。"

的确，他们两个人，要是有一个人能控制住情绪，这场冲突就不会发生。而女师傅的淡定、从容，虽然让我也想到了"当局者迷，旁观者清"这句话，但更让我觉得她是个高情商的人。正所谓凡事不能依靠情绪来解决，必须适度控制，这才是智慧的体现。

所以，一个人如果能好好管理自己的情绪，小到芝麻绿豆的生活琐事，大到人身安全，都会因此大受裨益。相反，你如果不能管理好自己的情绪，就别怪别人给你冠上"冲动""莽夫"的头衔。

我曾经带过一个徒弟，名叫莎莎。在我眼里，她就是个标准的"90"后小朋友，爱说爱笑，在公司里人缘非常好，工作起来也是热情勤奋，所有人都喜欢这个会做人、能干活的小姑娘。

有一天，我们一起去找客户谈业务，到了时间才被告知临时取消会面。

我当时真有点绷不住了，情绪立刻跌到谷底，脸也跟着阴沉下来，一句话也不想说。要知道为了准时赴约，我们已经熬了几个通宵，又急急忙忙赶着火车，冒着暴雨才赶到的。别说是好好睡一觉，连口热饭都没好好吃上一口就来了。

这时莎莎打破了僵局，微笑着对我说："师傅，你没必要生气。客户虽然没来，这也无形中让我们又多了几天时间，可以再优化一下方案，这样的话岂不是可以把更好的方案交给客户了吗？大家也就可以少熬几个通宵了。"

被她这么一劝慰，刚刚脸上还阴云密布的我，立刻有了精神。

后来我慢慢发现，不管遇到什么麻烦，莎莎总是能往积极的方面想，而且遇到问题喜欢先想解决方法，而不是一味地抱怨。

你肯定也遇到过这样的情况：公司老板本想开个关于创意讨

论的头脑风暴大会，可是总有一些员工垂头丧气，嘴边不是在埋怨工资低，就是叨叨着开会无益。几句泄气的话，就把大家的情绪都带坏了。

而莎莎却正好相反，每次加班或者开会她都表现得很积极，没说过半个不字，更没有任何抱怨，甚至能多干的就多干，从不计较个人得失。

试问，又有哪个老板不喜欢这样满身正能量的员工呢？

而好的情绪也是会"传染"的。公司里越来越多的人喜欢莎莎，无论何时，她的微笑都能使整个团队充满干劲。

一次聚餐时，酒过三巡，我故意逗她说："你发火的时候是什么样子啊？"

她笑得前仰后合："师傅，这个问题倒是难住我了，我好像还真没怎么发过火，也没怎么生过气。"

我更加好奇了："为什么呢？难道你就真没心没肺吗？"

"哈哈，师傅，您这是夸我还是骂我啊？我只是觉得，就算遇到难事，也没必要让所有人跟我一起痛苦、悲伤，那样我会更难过。而且凡事总有解决的办法，发牢骚又不能解决问题。工作累了，就叫上朋友唱唱歌，晚上回家好好睡一觉，彻底放松心情。管理好自己的情绪，收拾好心情，这样既快乐了自己，也快乐了周围的人。"

因为能够正确管理自己的情绪，没过多久，莎莎就被破格提拔为人事主管。

有心理学家研究发现：人的大脑中最古老的边缘系统主管情

绪，而最晚进化来的大脑皮层的神经系统主管认知。一旦事情发生后，边缘系统就会第一时间产生情绪反应，如恐惧、愤怒、喜悦等，约6秒钟后，大脑皮层神经系统才能做出认知处理。而且人的一生当中，平均大约有十分之三的时间处在负面情绪的包围中。

简单点说，每个人都会有负面情绪，也常常需要和负面情绪作斗争。而那些所谓成功的人，不过是更善于管理和控制负面情绪，更懂得如何去宣泄罢了。

管理好自己的情绪，对每个人的人生来说，都是很有帮助的。如果你也想做个有所成就的人，那就学着从管理自己的负面情绪入手。

成功与失败，有时候就在一念之间，失败的人往往把自己看得比天大，眼前的就是永远的，而成功的人则把自己置于一个比较低的位置上，看淡却不看轻自己，着眼于未来，而不是纠结于眼前的得失与悲欢。

世界上根本没有完美的人，更没有永远的快乐和幸福，只是看你把关注的点放在哪里。如果你把注意力放在事情的消极面，就会产生不满、消极的情绪，即使是一件很小的事，也会让你觉得天要塌了。而如果你把关注的点，放得长远一点，那么就不会为一时得失而痛苦。

这也就不难理解，为什么有的人在人生的旅程中，无论眼前境况如何，总感觉前途无望。因为在他们的情绪世界里，总是看到自己的水杯是不满的，所以总活在无尽的担心之中。而越是害怕什么，事情就往往越会朝着这个方向发展。

　　但是，遇到问题大多数人还是会不由自主地选择消极。这也就是说，管理好情绪其实并不是一件容易的事，每个人都需要不断进行自我历练，才能真正做到"遇事不慌，遇事不乱，遇事不烦，无事心不空"，真正和自己的情绪和解。

　　等到我们能够管理好自己的情绪，你会欣喜地发现，不管是生活，还是事业，不论是亲情、友情，还是爱情，都会变得越来越顺遂。

做人要有气场，
处事要有技巧

在生活当中，我们难免会遇到让自己或别人不满的事情。如果将之放任，只能让我们和别人都处在尴尬的境地，难以收场。而这时如果我们懂得打圆场，不仅能让事情得到完美的解决，更能保持自己的风度与气场。

说到"有气场"，可能大家都会自然而然地联想到优雅地站在红毯上的明星、谈笑风生的知名主持人、运筹帷幄的商界大佬……

的确，气场能使一个人看起来阳光、自信，具有震慑力。然而，作为一个普通人，我们的气场则更多地体现在待人处事的态度上。无论面对什么样的处境，都不卑不亢、不愠不恼，方能让我们看起来气定神闲、气场十足。

要做到这一点，学会打圆场的技巧就显得十分重要。

曾看过一个故事。

京城里有一个首饰匠。虽然打首饰在当时并不是很体面的活儿，但这个首饰匠却很受人欢迎，他的生意也做得很好。

一个秀才很纳闷，问这个首饰匠："我满腹经纶，很多时候却招人厌烦。你一个首饰匠，为什么每天过得轻松坦荡、受人待见呢？"

首饰匠笑着说道："既然你这么好奇，就在我的店里待一天，看我是怎么做生意的吧！"

第二天，秀才早早地来到了首饰店。

不久，店里进来一个三十多岁的妇人，打算买一个簪子。

首饰匠拿出一个簪子递给妇人，妇人戴上照了照镜子说："你做的这个首饰太大了！"

首饰匠说："我是觉得您这么有贵人气质，不戴个大点儿的簪子，实在是跟您不配啊！"

妇人听了，满脸笑容地买下了簪子。

又过了一会儿，一个姑娘想来拿自己订做的一条项链。看到项链后，跟首饰匠抱怨道："上面的花儿你做得太小了，我不喜欢！"

首饰匠不慌不忙地说道："我觉得像您这么精致的模样，戴上这种小花的项链，越发显得动人了，不信您自己照照镜子看。"

姑娘听了这句话，高兴地笑了，拿起镜子自我欣赏了一番，愉快地给了钱离开了。

秀才正要说话，店里又前后进来两个妇人。一个三十出头，穿着绫罗绸缎，另一个则看起来不到五十，粗布粗衫。她们都是来拿自己订做的镯子的。

三十多的那名妇人首先开口了。她向首饰匠抱怨道："我这个镯子你也做得太慢了，等得我都不耐烦了！"

首饰匠一脸认真地说："慢工出细活啊，我也是想做出让您最满意的东西，既对得起您的银子，也配得上您的身份！"

听到这句话，女人笑了笑，愉快地给了钱离开了。

但当首饰匠把另外那个女人的镯子拿出来的时候，她却不高兴了，质问道："怎么？别人的镯子就应该'慢工出细活'，我的镯子不到两天就做出来了，是不是没好好做？"

首饰匠笑着说："怎么可能！您刚交代给我的时候，我就想出了一个最适合您的款式，迫不及待地打造出来了，觉得您戴上一定好看，还能宣传一下我的手艺。于是把其他的活儿往后推了推，这不别人就嫌我慢了？"

女人听了也高兴起来，愉快地给了钱。

看到这里，秀才恭敬地站出来，给首饰匠作揖道："今天真是大开眼界，你这打圆场的技巧真是滴水不漏，生意再好都不为过！"

秀才回去后，改掉了自己迂腐、死板的处事方式，终于也飞黄腾达了。

在生活当中，我们难免会遇到让自己或别人不满的事情。如果将之放任，只能让我们和别人都处在尴尬的境地，难以收场。而这时如果我们懂得打圆场，不仅能让事情得到完美的解决，更能保持自己的风度与气场。

　　首饰匠的成功就在于他善于打圆场，无论面对顾客怎样的不满，他都能巧妙化解，力争人人满意。在现实生活中，如果我们也能够学会这种打圆场的技巧，势必会为我们个人发展增添助力。

　　我的一个大学同学何闯，就是一个很会打圆场的人，并通过巧妙地打圆场，化解了很多不必要的矛盾。

　　一次同学聚会。

　　在到达约定的饭馆后，发现海波还没到，大家决定再等他一会儿。

　　但过了半个小时，大家都有点沉不住气了。李奇给海波打了个电话后，说："海波堵在路上了，估计还得半个小时呢！"

　　这时，就有人提议："要不我们先吃吧，等他来了我们就都饿死了！"

　　虽然大家心里都明白，这样做可能有点不合适，但大家都等得不耐烦了，于是也都附和起来。

　　这时，何闯站起来说道："同学们，海波之所以迟迟不到，也许是害怕这珍贵的时光过去得太快，舍不得到呢！"

　　大家听了这句话，都笑了。

　　何闯接着说道："不如我们做个小游戏吧！咱们一人讲一个小笑话，等会儿谁正在讲的时候海波到了，谁就是他的幸运星，得让他敬一杯！"

　　同学们觉得很有意思，就专心做起了游戏。很快，海波也到了，大家谁都没提他来晚的事情，没讲到笑话的人反而还说他再晚来一会儿就好了。

吃完饭后，同学们又转场去了事先定好的KTV唱歌，但没想到在那里又出现了点小问题。

正在唱歌的时候，KTV里突然停电了。

虽然服务员及时送来了蜡烛，并告诉大家马上就来电了。但可以看得出，很多人都觉得十分扫兴。

这时，何闯又站出来说："同学们，这可真是上天给我们制造的一个宝贵机会啊！"

同学们都看着他，不知道他是什么意思。

何闯笑着说："大家还记得我们的班歌吗？好久不唱了，不知道忘了没有，不如我们趁这个时间，合唱一首班歌吧！"

大家都高兴地接受了这个提议，当年的文娱委员潘洁还主动站出来领唱。班歌刚唱完，就来电了。同学们也没太在意，都兴致勃勃地回忆起了大学生活，氛围比停电之前更融洽了。

何闯几次巧妙地打圆场，让原本不是很顺利的同学聚会变得精彩而值得怀念，他的处事方式也让我们都觉得他是一个高情商的人。尤其是在面对一些猝不及防的意外，以及几乎所有人都觉得厌烦的事情时，他总是能那么淡定、自信，通过巧妙打圆场，化解尴尬，避免矛盾与不快。

生活和工作当中，难免会遇到许多尴尬和不如意的事情。如果我们能从善意的角度出发，通过打圆场的巧妙方式化解，不仅会让人与人之间的相处变得更加简单、轻松，也会让我们慢慢地变成一个魅力四射、更有气场的人。

Part 6

人生的前期越嫌麻烦,越懒得努力,未来就越可能错过让你动心的事物,错过新风景。

为什么高情商的人总能战胜逆境

你究竟在害怕什么

当没有确定的结果发生时，一定不要对不确定性抱有消极的想法，否则就会率先否定自己，阻挡了进一步前进的步伐。当你不再自我否定的时候，这世上就再也没有值得害怕和恐惧的东西，更没有什么困难不可以克服。

周末晚上，我约朋友出来喝酒，正巧朋友的弟弟刘桓也跟着过来了。

酒过三巡，饭桌上的气氛逐渐热络了起来，但是刘桓依然看起来情绪不高。我关心地问了一句，还没等刘桓开口，朋友就抢先回答道："还不是为工作发愁，上个月没达到规定的销售额，少了近千元的绩效奖金。"

"没什么大不了的，这个月努力达标就好了。"我试着宽慰道。

"哪有那么容易，我现在见到客户，就感到头皮阵阵发麻，手脚不知道该往哪里放，连开口说话都成问题。这个样子，怎么能够成功地把产品推销给客户呢？"

听了刘桓的描述，我心中一惊："这未免有些太夸张了吧！难道人与人之间的正常交流都无法做到吗？"

我问刘桓："难道你面对的客户可以把人活生生吞掉吗？"

"当然不能。不过，我恐怕是患上了销售恐惧症，再也不想干销售这个工作了。"

为了找出刘桓如此恐惧销售的原因，我趁他上班时，站在商场的角落里，观察刘桓如何向客人推销产品。这是一家销售实木床的店铺，面积不大，却装修适宜，让人感觉很舒适。

不一会儿，路过的顾客的眼神就向店里飘过来，表现出了极大的兴趣。我想，刘桓一定会走上前去，引导他们进店里看看。事实上，刘桓也的确想要这么做，他向前迈出了脚步，但是下一秒，却又将脚步收了回去，拿起桌上的水杯，转身去饮水机那里接水。

像这样能够产生兴趣，但却没有什么动力走进来的顾客，刘桓本应该热情地将他们迎进店里，通过自己的介绍给顾客们留下深刻的第一印象，即使他们什么也没有购买，那也能够为自己培养一些潜在客户，为以后的销售工作打下基础。可惜的是，刘桓什么也没有做，反而装作自己正在忙碌的样子，掩饰自己内心的慌乱。

幸好，有不少顾客带着明确的购买目的，径直走进了店里，挑选自己感兴趣的商品。这时，其他销售员显得格外主动，不仅条理清晰、全面细致地介绍产品的优势、特性,而且还会观察顾客的神态,以此来推荐一些更加贴合顾客需求的产品。

和其他的销售员相比,刘桓显得一点也不积极。顾客问什么,刘桓就答什么;顾客不问,刘桓就静静地站在那里,一句话也不说,像是木头一样立在那里。

一天的销售工作结束后,刘桓又像往常一般,没有任何变化和进步。当他十分沮丧地走出店铺的时候,我叫住他,询问道:"今天的感觉如何?"

他摇摇头,眼神里写满了无奈,说道:"可能我天生就不适合做销售。"

"没有人天生就适合做什么,更没有人天生就不适合做什么。你为什么不敢走上前去,向顾客大方介绍呢?你到底在害怕什么?"

"我害怕被拒绝。"

害怕被拒绝,是每一个销售人员开始工作时都会遇到的障碍。人总是想要渴求安全感,销售工作更是将这份需求上升到了一个层次——做销售是不断地检验是否被接受的过程,比旁人要面对更多的不确定性。

销售人员如何寻找到目标客户?顾客是否会对这个品牌产生兴趣?如何打动顾客?其中包含的不确定性,是销售人员每天都要面对的。在连续不确定性的折磨下,如果心理不是足够强大,很有可能会接连进行自我否定,甚至产生自卑感,以至于对推销过程产生强烈的心理排斥。

但是，即使对于一位经验丰富、十分优秀的销售人员来说，被拒绝也是一件再平常不过的事情。它并不代表会带来灾难性的后果。

我试着引导刘桓，通过一个个问答，让他自己得出结论。

"我来问你，如果你开口向顾客推荐一款产品，会得到什么样的结果？"

对于这个简单的问题，刘桓的眼中有些疑惑，不过还是照实回答道："顾客选择购买，或是选择拒绝购买。"

"如果顾客选择购买，对你而言会有什么影响？"

"我会拿到提成，增加一些工作上的成就感。"

"如果顾客选择拒绝呢？"

"我就无法拿到提成，会感到沮丧和难过。"

"这是不是和你不去与顾客交流，结果是完全一样的？既然如此，为什么还要害怕被拒绝呢？从明天开始，你可以试着放下害怕被拒绝的心理负担，不要再频繁地自我否定，而是去尝试多与顾客沟通，看看能够获得什么样的结果。"

在我的鼓励下，刘桓决定在第二天的工作中有所改变。他不再"掩耳盗铃"，而是每当顾客进门时，都会热情地迎上前去。一天下来，虽然实际上并没有卖出什么产品，但是不少顾客十分愉悦地收下了刘桓的名片，并表示如果有需求的话，一定会优先考虑。最重要的是，刘桓不再像之前一样唯唯诺诺，而是变得果敢和自信。

渐渐地，刘桓能够越来越镇定自若地面对顾客，向他们热情洋溢地介绍产品。卸除了心理负担的刘桓，能够用更多的精力来思考如何能快速打动顾客，并进行针对性的推荐，以此来提高销售的成功率。

从此之后，我再也没有从刘桓的口中听到"不适合做销售工作"之类的话了。

刘桓的销售工作有了巨大的变化，得益于他找到了恐惧销售的根源，即自我否定。当他尝试摒弃自我否定的态度，转而给自己增添更多自信的时候，就迈出了通向成功的第一步。

当没有确定的结果发生时，一定不要对不确定性抱有消极的想法，否则就会率先否定自己，阻挡了进一步前进的步伐。当你不再自我否定的时候，这世上就再也没有值得害怕和恐惧的东西，更没有什么困难不可以克服。

所以，你要战胜的，唯有自己内心的恐惧。

直面逆境，不做"逃兵"

面对逆境采用何种态度，是判断一个人情商高低的重要标准。高情商的人，会迎着困境高歌猛进，以积极的心态挑战生活，成为生活的驯服者，顺顺利利地跑完这场马拉松；而低情商的人，则会将一点小小的困境在眼前无限放大，仿佛横亘在前路上的一座大山，不敢翻越，不敢前进，只是摇头叹息。

周末，闲来无事，我拿起手机翻看朋友圈，想找些有意思的段子放松一下，缓解近日来的工作压力。

突然，手机屏幕上弹出一条微信消息。我打开一看，原来是表哥发来的："老弟，过两天老哥要参加大学毕业十五周年聚会，可这让我很不安。我们班同学要么自己创业做了老板，要么在知名公司做高管，只有我依然在一个芝麻大的公司里，当个不起眼的小职员，拿着固定的死工资，一点前途都没有。还有，你小刘哥现在将之前那家企业经营得有声有色，我当时那样坚决地拒绝与他一起创业，那样地否定他、打击他、不相信他，以至于现在都不好意思见他了。"

表哥的这条消息，让我感慨万千。我相信任何人的成功都不是偶然，任何人的失败也都不是必然。不得不说，表哥和小刘哥就是因为在面对同样的逆境时，体现出了不同的情商，展现出了不同的态度，做出了不同的选择，才有了后来不同的境遇。

表哥和小刘哥从小在一个村子长大，关系特别密切。大学毕业后，他俩进入了同一家企业工作。那是市里一家知名的民营企业，当时风头正劲。

刚刚大学毕业的表哥，意气风发、挥斥方遒，颇有一股年轻人的朝气，也带着年轻人的满腹抱负，想要在企业里一展才华，开辟一片属于自己的天地。尽管当时加班加点是常态，但表哥也毫无怨言。他带领着车间的工人，学习新的操作技术，研究能提高产量的方法。

可惜好景不长。五年后，企业因为设备陈旧，管理理念落后，无法跟上市场的步伐，丢失了大部分的市场份额，经济效益急剧下滑。很快，企业里开始盛传"马上要破产了""年底就要走破产程序了"这样的消息，很多员工也出现了焦躁不安的情绪，开始四处奔波，各自找寻出路。

当时，表哥和小刘哥两个人都已经成了企业里的中层管理者。那年过年回家，表哥心情沉重，向我诉苦："看来公司是没有起死回生的可能了,你说我怎么这么倒霉,怎么进了这么一个夕阳企业。我们班的张峰,前几年还是个小喽啰,曾经还屁颠屁颠求我办事呢,可现在呢,赚大钱了,就因为人家是新兴企业……"

那段时间,表哥不断散播自己的怨气,甚至将它发泄到了家中。表嫂被表哥的负面情绪感染了,每天有事没事就抱怨:"你说说你这个表哥,现在企业不景气了,天天唉声叹气,就知道冲我发脾气。你说天天冲我喊,能把企业喊活了,还是能把自己的前途喊光明了啊?"

表哥犹犹豫豫,既没有毅然离开的勇气,又没有带领大家走出困境的决心。在徘徊、观望了几个月后,他最终还是选择了离开。他始终将企业陷入困境的原因简单地归结为行业的不景气,因此,他选择进入一个全新的行业,打算从零开始。

刚进入新公司的时候,因为业务不熟悉,表哥在工作上遇到了很多困难。可是,向同事请教?看着比自己要小好几岁的年轻人,他又拉不下脸来。

"什么都不懂,还不虚心学习,天天仗着自己拥有大学文凭和工作经验,在公司里倚老卖老。"听到同事们背后的议论,表哥又是一通哀怨,心想自己如果一开始就来这家公司,现在早就是中层管理者了,哪还用受这样的窝囊气。

工作不得志,升职加薪的机会又十分渺茫。于是,他一直沉浸在负面情绪中无法自拔,抱着当一天和尚撞一天钟的心态,在普通职员的位置上混日子。用他的话来说:"再混些年,把养老保险交够年限了,就辞职享受生活去!"有时候,他也会突然间感慨:"我好歹也是大学毕业,我们那时候的大学生含金量多高啊,可是,现在还要天天受这些年轻人的管束,真是埋没人才,英雄无用武之地啊……"

回过头来再看小刘哥,面对企业濒临破产的现状,他没有像无头苍蝇那样乱碰乱撞,也没有像表哥那样怨天尤人、到处向别人倒苦水。他四处奔走拜访了不少同行,又对行业进行了全面的调研,分析出了企业陷入困境的真正原因。

当他拿着厚厚的调研报告和解决方案,递交给老板的时候,没想到老板早已失去了信心,准备将企业申请破产。小刘哥旋即将自己的房子抵押到银行,申请了贷款,又东挪西凑了一大笔钱,将公司盘了下来。他曾经连续几天跑到表哥的家里,苦口婆心地劝说表哥留下来,与他一起努力,共渡难关。

看着小刘哥壮志凌云,表哥则是不屑一顾:"你这是想当老板想疯了吧?你这是作啊!欠了一屁股债,你这个老板还能做安稳吗?我是看不到希望了,到时候别老板当不成,还要连累家人一起帮你还债,我可不蹚这趟浑水。"

"我们要做的不是抱怨,不是失望,而是拿出行动,让企业起死回生,重新活过来!经过我的调查研究发现,我们陷入困境的最大原因是我们的管理问题,我现在已经找到了解决方案,相信我们一定能渡过难关的……"小刘哥语气诚恳地说道。

但令人无奈的是,无论小刘哥如何劝说,都没能打动表哥。

小刘哥将公司的一部分股份赠与了留下来的老员工,大家看到小刘哥的信心和勇气,又纷纷出资购买了公司的股份。之后小刘哥更新了设备，采取了新的管理模式。经过大家的不懈努力，企业终于渡过了难关。几年的时间里，小刘哥不仅带领企业逐渐步入正轨，还成了市里小有名气的企业家。

表哥和小刘哥同时面对企业濒临倒闭的窘境，一个选择了退缩不前，另一个选择了迎难而上，最终产生了不一样的结果。我为表哥感到惋惜，但更多的是对他在面对困境时选择苟且的不认同。

生活就是如此，它是一场漫长的马拉松比赛，我们无法保证自己一帆风顺，突然而至的挫折和困境才是常态。

面对逆境采用何种态度，是判断一个人情商高低的重要标准。高情商的人，会迎着困境高歌猛进，以积极的心态挑战生活，成为生活的驯服者，顺顺利利地跑完这场马拉松；而低情商的人，则会将一点小小的困境在眼前无限放大，仿佛横亘在前路上的一座大山，不敢翻越，不敢前进，只是摇头叹息。

我将表哥的消息读了一遍又一遍，竟然找不到可以安慰他的话。临近中午的时候，我才编辑了一段文字："逆境面前选择苟且，只会被生活嘲讽；想要有所收获，就要学会在逆境面前勇敢抬起头，管理好你的情绪，让解决问题的行动代替无谓的抱怨挣扎，你也可以成为像小刘哥那样成功的人。"

按下发送键，我顿时有些伤感。

苟且还是踊跃，是面对逆境时的不同选择，其实也是高情商和低情商的表现。想距离梦想越来越近，就要学会做出正确的选择，是做一个情商高的人奋勇前进，还是成为低情商的人畏缩不前，相信你心中已经有了答案。

越努力，
幸运越早降临

之前看到蔡康永说的一段话："当你15岁时觉得游泳难，放弃游泳，到18岁遇到一个喜欢的人约你去游泳，你不得不满心懊悔地说'我不会耶'。当你18岁时觉得英文难，放弃英文，到28岁出现了一个很棒但是要求会英文的工作，你不得不痛心疾首地说'我不会耶'。人生的前期越嫌麻烦，越懒得努力，未来就越可能错过让你动心的事物，错过新风景。"

多数人的成功，根源于后天的自身努力，与天赋往往没有太大关系。

一个高情商的人，显然能够及时认识到这一点，并且可以为了实现自己的梦想而付诸行动。他们对这句话坚信不疑："在这个充满机遇的时代，越努力，越能早日获得机遇。"

前一段时间有一位读者私信我，他说自己非常喜欢用文字的方式记录身边的故事，但写出来的故事常常不受读者的欢迎，所以想让我帮他分析一下。

于是，我便问他平日里是否喜欢写作，对方的答案是肯定的，但是末尾又来了一句带有怨气的话，大概意思是说，喜欢归喜欢，但因为工作很忙，所以他很久才会写一点。

至此，我想已经找到了问题的答案。有位作者曾对我说过这么一句话："写作是一件十年磨一剑的事情，只有不断努力地锻炼自己的文笔，不停地开拓新的叙事方式与文体，才能得到读者的喜爱。"

之后的很长一段时间内，我确实也在不断实践着这一句话。那时候，我每天基本上都要写一万字的内容，并且还要拿出至少一小时的时间来修改，同时期的作者都是每天只写三千字，一旦生活中遇到一些突发状况，便会马上停笔，断断续续。

当时，无论遇到什么样的事情，我都坚持了下来，即使有时候白天确实没有时间写作，晚上也一定会补回来。不少人都说我疯了，一天一万字的写作量，放在整个网站上都是十分罕见的。但是我却一天一天地努力着、付出着，无论多晚多累，我都以更新万字作为结束一天工作的标准。所以我的作品虽然不是完成速度最快的，却因为保质保量及时更新的原因，积累了大批的忠实读者。

我的文风渐趋成熟，最后也终于得到了网站的认可，成为最早一批的签约作者。

很多人说写作是需要天赋的，我却很想说："如果不曾努力，天赋就像一潭死水，在风吹日晒以及不断抽取的情况下，很快就会干涸。努力则犹如水源，会不断注入新鲜的活水，而且用之不竭。"

情商低的人，常常遇到做砸的事情就觉得是自己运气不好，遇到做不好的事情就觉得是自己天赋不够，却忘了一个最质朴的道理：越早努力，才能越幸运。

前段时间，公司要和外企洽谈一个项目，如果合作比较顺利的话，我们马上就要在国外开设第一家海外分公司。当时进行人员选拔的时候，单是由于英语水平问题就刷下一大部分报名者，结果出来之后，很多人不敢相信，平日里一直默不作声的张平竟然获得了这次机会。

张平这个人其实并不是十分地优秀，如果真的要说出一个优点的话，那就是工作很踏实，不浮躁，也不功利。尤其是在得到这个机会之前，他一直在努力练习英语口语。

虽说当时公司还没有打算开设海外分公司，但是张平由于自己的英语水平很差，总是担心被公司淘汰，所以别人都在拿得一纸证书或感觉工作不需要，将英语扔在一边的时候，只有张平拿出了不输高考的努力学习的劲头。每天早晨，张平都会准时六点起床背英语单词，工作的时候只要一有机会，午休或者下班时间，就会找外籍的同事进行英语对话，练习口语发音。

在工作业绩稳步提升的同时，张平的英语水平也直线上升。于是，当大家为了争取到这次海外派遣的机会而苦练英语时，张平已经开始了解国外市场的相关事宜了，相比很多人都往前多走了一步。

但公司里有些人很不服气,说张平平时工作表现并不出众,更没有大项目的经验积累,不过是凭借着英语好的运气得到了这次机会。

其实,张平的这次成功,完全是得益于自己的努力。若不是因为平日里自己看淡了眼前的利益,不为一时得失而浮躁、抱怨;若不是因为慢慢积累下来的英语知识和提前就做好了对海外市场的了解,他肯定不会如此幸运。

看似从天而降的幸运,其实与自己平日的努力和积累不无关联。在时机成熟的时候,是平日的积累帮助自己抓住了有益的机会。

情商不高的人,很难参透这个道理,于是在生活中遇到事情便开始心浮气躁,遇到困难就想躲避,凡事三分钟热度,从未真正地为某件事努力过。而他们又时常抱怨命运的不公,其实想想,根本原因还是在于自己,在于自己不够努力。

我曾经带过一个年轻人,初入公司的时候带着对自己人生无限的向往,一段时间内表现得积极向上。但是没过多久,他就觉得文字工作太过烦琐,那些逐字逐句的修改工作乏味无趣、缺乏挑战,实在是没有什么前途。

所以他听信了他人的话,辞职前往上海一家私企工作。那家企业的待遇是很不错,但是前提是你要能带来可观的客户资源。一开始,他跟着朋友穿梭在各个公司里推销着自己公司的产品,觉得这不过是一件靠张嘴说话的工作,自己完全可以胜任。

等到他正式开始工作时，才发现无论是说话还是介绍产品，都是有技巧的。而前期他只顾做着拿提成的美梦，根本就没有用心去学习推销的知识和方法。所以，他根本无法从这份工作中挣到钱，更别提获得什么成就了。实在坚持不下去之后，他不得不辞职回家。

后来，他找到我说依旧想回到公司上班，我委婉地拒绝了。原因很简单，一个只想成功却不想付出努力和心血的人，对于公司来讲，没有半点用处。

之前看到蔡康永说的一段话："当你15岁时觉得游泳难，放弃游泳，到18岁遇到一个喜欢的人约你去游泳，你不得不满心懊悔地说'我不会耶'。当你18岁时觉得英文难，放弃英文，到28岁出现了一个很棒但是要求会英文的工作，你不得不痛心疾首地说'我不会耶'。人生的前期越嫌麻烦，越懒得努力，未来就越可能错过让你动心的事物，错过新风景。"

在追逐梦想之旅中，想要先人一步，就要带上自己的情商，懂得越早开始努力的人，才能越早看到别人无法看到的风景，获得别人无法企及的成功。

有一种人，
运气永远不会太差

的确如此，很多事情的成败，与当事人的心态有莫大的关联。积极的心态，不仅能够让自己的思维更加敏捷，还能将这种带有磁场的正面情绪传染给身边的伙伴，大家齐心协力，问题自然会迎刃而解、一攻即破。

有这样一种人：升职的时候，上司会第一个想到他；评选优秀员工的时候，同事们会不约而同地推荐他；谈项目时，客户总是点名要与他合作……这种人，每天都是一副幸福的模样，好像在他的工作、生活中只有欢乐，没有悲伤。

我们戏称这种人为"上帝的宠儿"。

然而，为什么他们的运气会这样好？就算是天上掉馅饼，大家被砸中的几率也应该是一样的啊。

其实，原因很简单。试想，当你站在树下，树上的苹果落下砸到了你的脑袋，你会有什么反应？

"哎呀，疼死了！这个烂苹果！""哈！居然不费吹灰之力，就有苹果吃，疼一下也值！"你的反应或是生气，将苹果丢掉，以发泄自己的愤怒情绪；或是过度兴奋，拾起苹果，咬一口，表达自己的愉悦心情。而"上帝的宠儿"牛顿是怎么做的呢？

他顾不上生气或是高兴，而是在一瞬间便陷入了深深的思考中，并通过大量研究，最终发现了万有引力，进而成就了自己在物理领域的至高地位。

职场中也不乏这样高情商的人。在面对一些突发情况时，他们会第一时间屏蔽自己的负面情绪，展现在他人面前的永远都是一副积极向上、乐观开朗的样子，转而以此感染并带动周围的人。与此同时，他还能够以积极的心态、雷厉风行的执行力、激发整个团队的力量来高效完成工作、解决问题。

任洪亮就是这样的人。到现在，我依然对他的面试过程记忆犹新。

那次面试，我们故意设置了这么一道测试题：在确定好面试顺序后，将所有的应聘者"晾"在会议室外，以此来考验他们的态度。

二十分钟后，几乎所有人都变得焦躁不安，抱怨声四起："怎么回事啊，这个公司怎么这么不靠谱""有没有时间观念啊""真是让人着急，让我们等这么久是什么意思"……

只有任洪亮一直安静地翻看着自己的资料，等待着面试开始。当听到大家的议论声越来越大，他才站了出来："大家别着急,面试时间延后,肯定是有原因的,我去问一下吧!"说完,他礼貌地敲了敲会议室的门,得到允许后推开门走了进来。

"您好!我是前来面试的任洪亮,我想问一下,我们的面试大概什么时候可以开始,现在是遇到了什么困难吗?"可以听得出来,他的措辞很谨慎,态度也十分诚恳。

"我们的投影设备出现了一点小麻烦,维修的师傅在路上,请大家稍等片刻。"我们按照事先计划好的答案告诉他。

"哦,这样啊,我特别爱看电影,专门在家里安装了一个投影仪,所以对这个还算了解,要不让我试试,也许可以解决呢!"

……

就这样,他成为了公司的一员。

从表面上看,他很幸运,因为他既不是应聘者中经验最丰富的,也不是能力最强的,但他却是唯一一个在问题出现后,没有陷入负面情绪,而是立刻寻找问题、发现问题、解决问题的人。从情商方面来看,任洪亮完胜其他应聘者。

进入公司半年后,任洪亮顺利拿下了三个项目,年底获得了五万元的奖金,并获得了"最佳员工"的称号。和他一起工作过的同事,在羡慕他的同时,更是从心底佩服他。

对于如何谈成项目,任洪亮有自己的一套秘诀。

有一次,他和晓琳负责同一个项目,客户是业界出了名的挑剔,并且脾气急躁。有一天,他们两个人与客户在会议室讨论项目策划案,由于客户提出的意见,大家觉得很不符合逻辑,操作性也不强,这么改下去,肯定影响项目的整体质量。于是,晓琳及时指出了这一点,客户顿时瞪大了眼睛,怒吼起来:"你这是在说我水平低,是吗?我看我们没有合作的必要了……"

客户坚决拒绝继续合作的态度,让这次讨论会不欢而散。为此,我也很生气,将两个人狠狠地批评了一顿,让他们想办法解决这个问题。

晓琳觉得自己和客户发生冲突,是为了保障项目的质量,却遭到上司的批评,顿时感到很委屈。任洪亮则诚恳地接受了批评,并且很快提出了解决方案。他说道:"我们在讨论之前,仅仅在项目内容上进行了充分的准备,却忽视了对客户本人的研究,也没有考虑到怎样才能让客户满意。在晓琳提出质疑后,我应该更加婉转地解释一下,以缓和讨论气氛,所以我也有不可推卸的责任。明天我们上门找客户谈。"

走出办公室,他便安慰起晓琳来:"我们现在委屈、抱怨都是没有用的,我们得想办法搞定这个客户。"他一边说着,一边拉着晓琳走进了会议室,开始商量对策。

任洪亮更是用一个晚上,将客户以前的项目仔细地研究了一遍,同时对客户的个人爱好也做了了解,从中得知客户喜好咖啡,对各种咖啡有着非常深入的研究。

于是,他眼前一亮:"就从咖啡这里进行突破。"第二天,任洪亮带着晓琳在完善项目策划案的基础上,将PPT背景等添加了一些咖啡元素,还专门将客户约到了有着别致装修风格的咖啡厅,以咖啡为引子,重新开始了方案的讨论。

结果,客户心情大悦,他们不仅顺利签下了这个项目,而且这个客户也成为了公司的长期客户,每个项目都指名要任洪亮做。

之后,同事们让任洪亮谈谈搞定客户的秘诀,任洪亮也从不吝啬。

"出现问题,上司生气很正常,我们辩解也解决不了问题,还会让上司更加难堪,这是损人不利己的做法。将心比心,转换一下角度重新思考这个问题,我们就可以更加理解上司,所以首先要坦然接受批评。

"而对于和客户发生争执这件事情,我们要想的肯定不能是客户的过错,这样想肯定会越想越委屈,情绪会越来越差,影响到工作进程。所以,一定要放平心态,控制好情绪,朝着正确的方向去努力——即从自身找原因,终会找到解决问题的方法。

"遇到难搞定的客户时,就要先对方一步稳定好自己的情绪,只有在积极的心态下,才能找到突破口。"

的确如此,很多事情的成败,与当事人的心态有莫大的关联。积极的心态,不仅能够让自己的思维更加敏捷,还能将这种带有磁场的正面情绪传染给身边的伙伴,大家齐心协力,问题自然会迎刃而解、一攻即破。如果连自己的态度也是消极的,那么就会让事情朝着无法挽回的下坡路直冲而下,让局面更加糟糕。

无论遇到什么样的情况,都应时刻保持正面、积极的心态,这是一种高情商的表现,也是任洪亮常常被"幸运之神"眷顾的秘诀。

让那些难堪和困难，成为成长的"磨刀石"

很多人之所以难堪，其实就是因为那些自己引以为豪的资本和尊严，在别人眼里却一文不值。而当众被戳穿时，往往会出现两种情况，一种是那些情商低的人，他们心中深深埋藏的自尊就像被唤醒了一样，为了顾及颜面，不断找借口、找退缩之路，恨不得第一时间逃离所有认识的人和空间，甚至会将所有怨恨全部放在那个当众戳穿自己的人身上；另一种则是那些情商高的人，他们深深埋藏在心底的潜力瞬间爆发，将自己推向一个新高度。

"这稿子怎么回事，要逻辑没逻辑，要感悟没感悟，还净是错别字……"老张一边把稿子扔到桌上，一边狠狠地训斥了眼前这个刚毕业的小姑娘。

只见那个小姑娘低着头，脸涨得通红，一声也不敢吭。

再看四周，几乎所有人的目光已经集中在小姑娘身上，而且有些目光像一把把尖刀，刺向了小姑娘的身体。她只能用手紧紧拽住衣角，期盼着这场训话赶紧结束。

我赶忙跑过去救场："喂喂喂，差不多得了啊，当着这么多员工的面，劈头盖脸地责骂一个小姑娘，让人家下不来台，是不是有点过了？"

可是老张不依不饶："你看看她改的稿子，跟没改有什么区别。还是大学生呢，我看都不如一个高中生能力强，我要是你的老师非得气死不行。"

我的到来，尤其是我的劝阻，好像给小姑娘平添了更多伤害和不自在，她竟忍不住掉下了眼泪。

"好了好了，拿着你的稿子赶紧回去改，我要是你，就狠狠心，把整本新华字典背下来。下次稿子再这样就重新回到实习生岗位进行培训。"我为小姑娘找了一个台阶下。

正当小姑娘转身准备离开时，老张一边嘀咕一边直摇头："现在的年轻人啊，水平真是越来越差了。"

其实，很多职场新人都经历过这样的尴尬与难堪，而且经历得多了才知道，像老张这样让自己难堪的人也有很多。

有些情商低的人，则会认为像老张这样的人就是仗着自己资历久、年岁大而对他人随意呵斥，让他人在同事面前丢面子。

而情商高的人，除了感到难过和伤心以外，更会在没人的时候静下心来思考，前辈只是想要故意在众人面前让自己出丑吗？难道自己就没有值得反思的地方吗？甚至，情商高的人会发现，训斥的话语虽然难以入耳，但是大多都是有些"营养"的，起码告诉自己要怎么改正，也算是指出了一条明路。

我着实佩服小姑娘的高情商，虽然她刚刚被老张训得"体无完肤"，但是一拿到稿子，就开始用各种颜色的笔，把老张划出来的问题，一一对应着进行修改，还在本子上把当天稿件存在的问题、解决方法都一一记下来。不明白的地方，还硬着头皮去找老张讨论。

尽管老张还是一如既往地"毒舌"，但是架不住小姑娘这股子学习的劲头，几乎每天都催着老张看稿子、提意见。我们都说这小姑娘有"被虐"倾向，可她总说这是一笔"财富"。

有次大家一起吃午饭，我悄悄打趣地问她："最近发现你没怎么挨训，是不是稿子质量进步了不少啊？"

她有些不好意思："其实来应聘时，本以为这份工作很简单，就是查找错别字之类的。真的去实践时，才发现没有那么简单。不怪张老师让我难堪，是我自己的问题。如果他不这么严厉，这么挑剔，我也不会知道自己的短处和问题在哪里。对于我这样一个刚走出大学校门的职场新人来说，所有的难堪和批评，都是对成长最好的见证。"

我会意地点了点头："那他让你当众难堪，你就没有记恨过他？"

她喝了一口橙汁，淡然地说："说实话没有。刚挨完骂的时候，心里真的挺难受的，感觉自己这么辛苦修改的稿子被批得一无是处，真的挺委屈。但是反过来想想，如果他对我的错误和问题熟视无睹，完全依靠我自己领悟和学习，自我成长肯定会慢很多。"

"你的意思是还要感激他让你当众出丑喽。"我有些诧异地看着眼前的这个小姑娘。

她点了点头:"看上去是让我当众出丑,可是换一个角度来看的话,难道不是让我长长记性,快速地成长吗?我相信他只是想让我的工作能力变得更强,而不是故意让我出丑。每当我想懈怠的时候,耳边就会响起张老师的话语,激励着我不断学习、不断提升自己。一个月的时间我看完了所有的编校方法和应该注意的问题,再次校对稿件时,竟发现了很多用词不当、语病等问题,甚至还能把普通的语句修改得很出彩。"

没想到她有如此独到和深刻的见解,尤其是这种坦然接受和正确面对的态度,让我不禁深深地被她的高情商所折服。

的确,很多人之所以难堪,其实就是因为那些自己引以为豪的资本和尊严,在别人眼里却一文不值。而当众被戳穿时,往往会出现两种情况,一种是那些情商低的人,他们心中深深埋藏的自尊就像被唤醒了一样,为了顾及颜面,不断找借口、找退缩之路,恨不得第一时间逃离所有认识的人和空间,甚至会将所有怨恨全部放在那个当众戳穿自己的人身上;另一种则是那些情商高的人,他们深深埋藏在心底的潜力瞬间爆发,将自己推向一个新高度。

因此,当别人让你下不来台时,就让他肆意批评去吧,我们要做的就是从这件事中总结经验、教训,避免第二次犯同样的错误,再次难堪。笑对他人的"侮辱",不仅是"脸皮厚"、看得开,也是为了用某一天的强大证明自己的实力。

当然,也有一些人受不了这些所谓的难堪,他们会选择怨天尤人。而他们之所以受不了这些难堪,是因为他们只会选择逃避,无法接纳现实。

周末商场的厕所里,总是挤满了人。只见一个满头银发的大爷,小便时不小心弄湿了裤子,还忘了拉裤链,甚至不冲水就径直朝门口走去,彷佛在寻找着什么。这时周围排队等候的人都忍不住笑了笑,有的还小声嘟囔着:"没素质。"

一个三十多岁的中年人突然走了过来,赶紧低着头把大爷拉出了人群,脸色很是难看。只听见那男人一路嘟嘟囔囔地训斥老人:"都痴呆了还乱跑,就知道给我添麻烦,让别人看我笑话。以后再这样,就不带你出来了。"老人似乎感觉到自己做错了什么,神情里闪过一丝忧伤。

因为太爱面子,所以父母的病态与平凡,让他们感觉是莫大的难堪。

那么到底什么是难堪呢?

作为一名学生,一道简单的问题回答不上来时,我们会觉得难堪;

作为职场新人,被上司批得无地自容时,我们会感到难堪;

作为"单身狗",相亲时被对方当众说是"矮穷胖"时,我们会感到难堪;

……

也就是说，我们由于自己的能力有所欠缺而陷入的困境和尴尬是一种难堪。但是，最重要的不是那些让我们感到难堪的人，更不是我们当时承受难堪和委屈的感受，而是我们面对这些难堪时，该以怎样的心态来面对。

高情商的人，从来不会驻足于无意义的计较与记恨，也不会逃避和埋怨，而是选择接受现实，然后更加努力，更加宽容。正如俄国作家屠格涅夫所说："自尊自爱，作为一种力求完善的动力，却是一切伟大事业的渊源。"当你感到难堪和屈辱时，就会生出一种力量，一种可以指引你走向成功、见证成长的力量。

所以，当有人让你感觉难堪时，仔细想想他的话有哪些是有道理的，可借鉴的一定要听，无中生有的就让它随风去吧。

Part 7

你的烦恼，是你还不明白什么是根本

这个世界如此丰富多彩，以至于我们总有一些还未来得及尝试过的东西，或是在漫漫的人生路中错过一些东西。

追求想要的生活，
别在乎他人说什么

我们身边有多少人能够真正过上自己想要的生活呢？在我看来，大部分人在人生的重要选择关口，从来不是遵从自己的本心进行选择。例如，大学读什么专业，毕业后找什么工作，找一个什么样的人结婚，这些明明是与自己息息相关的选择，却强行被父母、亲戚的观点严重影响，等到最后决定的那一刻，其实并没有多少自己的意愿在其中。

当朋友乔杉向我谈起他辞职的事情时，我由衷地被震撼到了。

乔杉曾在一家新兴的互联网公司负责前端开发工作。虽然这家公司经常加班至深夜，但是待遇优厚，夸张点说，年末发下来的年终奖不用换成硬币就能"砸死人"。

因为公司福利好，即便工作量惊人，但还是有不少人以进入这家公司工作为目标。

所以,在听到乔杉辞职的消息后,我的脸上写满了不可思议:"你之前一点消息都没有透露出来,怎么突然做出这么重要的决定?"

"我只是想追求自己想要的生活,我只是想追随自己的本心。"面对我的不淡定,乔杉表现出来的淡然让我更加诧异。

"什么是你的本心?"

"就是按照我最初的心愿去工作和生活。我没有太多的要求,只想这一生过得充实一点,哪怕没有高工资,只要是自己喜欢的工作,我也会努力去做,而不是单纯为了赚钱,在自己不喜欢的工作中艰难度日。"

"那你现在的工作和生活符合你的本心吗?"

"当然了!"

其实,就在乔杉决定辞职的几个月前,他还向我抱怨起自己的拖延症。乔杉说,自己每天的工作状态其实非常不好,觉得每天都是被人用鞭子赶着工作。老板对一个任务催得紧了,他就提高效率,多做点工作;时间宽裕的时候拖延症就会发作,将工作一拖再拖,直到最终截止日期。

拖延症的危害很大,有时甚至可以对生活起到摧毁性的作用。

我曾向乔杉提供了几种治疗拖延症的方法,乔杉一一试过,都不奏效。因为对他而言,拖延症的根源,就是他正在做着一份自己不喜欢的工作,过着一种自己不喜欢的生活。

辞职后,乔杉在一家旅行网站做测评员,酒店、景点等这些旅行中常见的场合都可以纳入测评的范畴，例如哪家餐厅的食物好吃、服务态度如何等。

所以，乔杉的背包里总是装满了相机、温度计、笔和本子，然后他会带上这些专业工具，忙碌地穿梭于各大餐厅、酒店，记录温度是否为人体最适宜的温度、服务人员的态度是否热情、热水是否供应及时、噪音是否超过规定的分贝……他细心地测量着测评时用到的一切数据，然后拟定专题，撰写测评稿。

忙碌的时候，乔杉经常性地不回家，几乎每天都漂泊在外，甚至在赶路的过程中写稿，没有一刻轻松的时候。

身边的朋友也经常对他说："之前的工作多稳定，不仅工资高、福利好，而且最重要的是，即使每天加班，但至少还能回家，周末的时候也可以和朋友聚一聚。难道在家里不比在外面舒服？"

这次换工作，对于很多朋友来说，无论怎么看，乔杉都是放弃了好的，选择了坏的。但问题的关键是，朋友们不是乔杉，不知道这才是乔杉想要的生活。虽然物质上不如从前，但对他而言，这才是他生活的真正意义。

有一句话说得好："议论是别人的，生活是自己的。"

然而，我们身边有多少人能够真正过上自己想要的生活呢？在我看来，大部分人在人生的重要选择关口，从来不是遵从自己的本心进行选择。例如，大学读什么专业，毕业后找什么工作，找一个什么样的人结婚，这些明明是与自己息息相关的选择，却强行被父母、亲戚的观点严重影响，等到最后决定的那一刻，其实并没有多少自己的意愿在其中。

过自己想要的生活,看似轻飘飘的一句话,其中的"内核"却是如此沉重。所以,很多时候只有一小部分人能够过上自己想要的生活。

乔杉无疑是幸运的,即便辛苦,也是痛并快乐着。

在成为一名测评员后,乔杉乐此不疲,一旦搜集完相关的资料,测评稿就能很快出炉,哪怕是为了一篇稿子熬上一整个通宵。即使是在机场、火车站这样嘈杂的环境里,乔杉也会找到一个角落,专心致志地抱着笔记本电脑写稿,俨然一副"拼命三郎"的架势。

乔杉的拖延症,也因为找到了自己喜欢的生活方式不治而愈。

从另一个层面来说,乔杉无疑也是一个高情商的人,面对物质诱惑,他依然能够及时刹住奔向歧路的脚步,停下来重新审视内心,走上自己真正喜欢的道路。

我们时常羡慕那些能够按照自己意愿生活的人,感觉那样才是让"灵魂"真正地活着,才有意义。但是,我们身边更多的是没有及时认清自己的人,他们依旧坚挺着做一份自己毫无兴趣的工作,过着一种压抑、无趣的生活。

其实,失掉本心是一件很容易的事情。有的人习惯于被身边人操控,按照既定的路线一步步向前走,根本不知道何为本心,更别提去追求自己想要的生活;有的人虽然知道自己想要什么样的生活,但是这种精神上的追求常常不能获得太多物质上的满足,最终他们屈服于自己的物质欲望;有些人的脑中会突然闪现出一个念头,于是错把这种三分钟热度当作自己的追求。

舍不得高薪、体面的工作,不知道自己想要什么样的生活,不想改变既定的人生轨迹……无论是什么样的理由让他们不选择改变,最终的结果都是一样的——他们舍弃了自己的本心,选择向生活、向现实妥协。

的确,坚持本心是一件很难的事情,要抵制各种各样的诱惑,要让本心不被平淡的岁月渐渐侵蚀,更要让自己的内心时刻保持平静。

所以,当走了太远或走得太快而忘记为何而出发的时候,不妨停下急匆匆的脚步,静下心来认真地体会一下内心世界,确定现在的生活是否符合本心。

初心不改,方得始终。如果不想终日抱着茶杯、在一个个窄小逼仄的格子间里度过生命中的分分秒秒,如果不想让心中的火焰由沸腾到冷却,如果想要让自己的"灵魂"真正地活着,如果想要过上自己喜欢的生活,那就要学会坚持自己的本心,坚持按照内心的意愿来过自己的生活。

你的安全感，
只能来源于你自己

　　这个世界如此丰富多彩，以至于我们总有一些还未来得及尝试过的东西，或是在漫漫的人生路中错过一些东西。但那些因为贪图安稳而错失美好事物的人，最后只能用一个"Never"，标注自己那充斥着模糊回忆的一生。

前一段时间，表妹突然辞职了。
　　一时间，家里人个个苦口婆心，费尽了各种心思进行劝导，让她赶紧回到自己原来的公司好好工作，别再任性胡闹了。可是无论谁来劝说，她都一概不予理会。
　　因为我和表妹还算说得来，平日里她也比较听我的话，为此，我的母亲还专门给我打来了电话，让我也劝一劝表妹。
　　于是，我和表妹相约在一家餐厅见面。
　　等到了约定的时间，只见表妹风风火火地走了过来，刚刚在座位上坐好,还没等我开口,她就先说话了:"我知道你约我来的目的,但是我已经拿定主意了,谁都别想劝我。"

我笑着问她理由,表妹像是找到了发泄口一般,一股脑儿地向我倒出了心中所想。

表妹所在的公司是一家小企业,工作量不大,每天十分清闲,基本半天时间就能完成上司布置下来的任务。剩下的时间,同事们大多是看看手机、喝喝茶水,或者讨论一番当季的新品服装和八卦新闻,以此来打发无聊的时光,甚至不到下班时间,大家便三三两两地打卡走人了。

办公室的同事们也都很友好,没有什么人际矛盾,更没有什么明争暗斗,相处十分融洽。

说实在的,这种工作很适合养老,但是不适合发展。一方面是这种工作太安稳了,几乎没有什么挑战性。更重要的是,表妹发现,在这样的环境里,自己很难再学到新东西了。如果长期待在这里,只怕自己会逐渐走向"无知"与"无能",甚至会变得不思进取,变得越来越依赖现有的工作环境。

可是,未来将会有非常多难以预料的变数。如果将来公司将自己辞退,如果公司突然破产倒闭,已经被安逸环境"豢养"到什么也不会的自己,真的能够重新适应社会吗?自己所能依靠的,只有不断进步的自己;只有强大的自己,才能构建真正的安全感。

所以,表妹在思考了许久后,终于决定辞职了。

她一再向我强调:"我辞职绝不是一时冲动和任性,而是经过慎重考虑的。"

我无法反驳表妹的观点,甚至在心里是十分支持她的。

很多人贪图当下的安稳,殊不知在这种环境下,自己已经消磨掉了斗志。

美国有家媒体曾经在纽约街头立起一块黑板,邀请路人在这块黑板上写下自己人生中最大的遗憾。没过多久,黑板上就写满了各种各样的人生遗憾。如果仔细阅读这些内容就会发现,不少留言里都会有"Not(没有去尝试)"或是"Never(从来没有去尝试)"这样的字眼。

这个世界如此丰富多彩,以至于我们总有一些还未来得及尝试过的东西,或是在漫漫的人生路中错过一些东西。但那些因为贪图安稳而错失美好事物的人,最后只能用一个"Never",标注自己那充斥着模糊回忆的一生。

不得不说,我们有时候更愿意让自己沉浸在伪装的安全感中,对一些反对的话语视而不见,或者见而不理。

我曾将一个月领着三千块钱的工资,每天刷微博打游戏吃外卖的日子归结为岁月静好的稳定时光。那时候的我还不明白,为什么那些兜售成功的励志大师拼命教导我们要跳出安逸的舒适圈。

但是我很快就明白了,躲在舒适圈中寻找所谓"安全感",不过是为自己的不努力寻找心理安慰。任何舒适区里的安全感,都是虚假的安全感,不过是用幻想搭起的海市蜃楼,短暂且虚幻。为了这个安全感，我们付出的是自己人生的止步与错失的美好风景。更可怕的是，如果长时间沉溺于舒适的环境，不再追求成长和进步，那么当困难来临，以依赖他物为基础构建起来的安全感，会在第一时间坍塌。

迈出既定的安逸，虽然意味着要面对未知的环境甚至要冒险，但如果我们愿意在挑战和困境中提升自己，那么将会获得来自我们自身的、切切实实的安全感。

我有一位朋友叫张莉。她的前半生一直是一个乖乖女，在父母的要求下认真学习，天天向上。毕业后找到了一份安稳且没有压力的文职工作，而且在适当的年龄，走进了婚姻的殿堂。

于是，张莉开始了将一半时间花在工作上，一半时间花在家庭上的生活模式。

有人常对张莉说："你真幸运，既有了稳定的工作，又有了安逸的生活。"刚开始张莉也这样认为，起码自己已经完全熟悉了公司的业务，每天都能很快地完成工作，然后剩下大把时间可以在家里做做饭、收拾收拾家务、上上网、看会儿电视。

但是，一次同学聚会，彻底改变了张莉的想法。聚会上，很多同学已经开上了豪车，言谈举止间一副成功人士的模样。而自己的工资虽然不少，但也仅仅维持在中下游水平。最让张莉受打击的是，同学间关于商业的一些话语，自己几乎完全听不懂。这顿饭吃下来，张莉如坐针毡，尴尬极了。

那一瞬间，张莉才认识到，自己已经被这份安稳的工作麻痹了身心，身边的人都在努力迎合着时代继续发展，而自己不过三十岁的年纪，已经过上了如同退休一般的无趣生活。

回来之后，张莉下定决心辞掉了安稳的工作，转而去了一家互联网创业公司。正式入职之前，新老板告诉张莉："我们这里是六天工作制。"张莉也欣然答应了。

除了"六天工作制"外，张莉还发现，为了把白天工作的时间留出来，公司开会的时间一般都安排在了早晨或晚上。工作上更是紧张，每天从睁开眼睛开始，就要面对各式各样的任务和明确的"Deadline（最后期限）"，必须需要充分利用每一秒的时间，才能顺利将工作按时提交。而且，公司每周都会安排出差，为了节约成本，住宿条件也从星级酒店变成了快捷酒店。

除此之外，由于被安排在一个与外商经常接触的部门里，张莉每天都疯狂地练习着自己的英语发音。经过几个月的辛苦努力，张莉逐渐适应了公司的工作强度，能力大有长进，已经能够完全胜任这份工作。

没过多久，当张莉正在谈判桌上和外商洽谈的时候，她突然接到前同事的消息："之前的公司因为不能顺应市场形势，已经申请破产了。"而之前那些固执地不肯逃离舒适区的同事们，只能被迫地接受失业的结果。

千万不要依赖于外物给予的安全感，当它再没有能力向你提供安全感的时候，你将一无所有。

试着去打破生活中的安稳，你就会发现那些稳定看似坚不可破，却十分脆弱。真正的安全感，来源于我们的拼搏和努力，这种通过自身的努力获得的安全感，才是真正的坚不可摧。

迷茫不是你选择安逸的借口

觉得迷茫,不过是因为生活过于安逸,充斥了大量空闲的时间,而他们将这些大把的空闲时间用来无病呻吟。生活忙碌且充实的人,会因自己的目标越来越明确,根本没有时间思考何为迷茫。

我的一个心理咨询师朋友曾告诉我一个很有趣现象——越来越多的人在提到自己的现状时,都会频繁地说到同一个词——迷茫。

无论是尚未毕业的大学生、刚刚参加工作的公司职员,还是在事业上一无所获的中年人,似乎脸上都时刻写着大大的迷茫。它如同一种具有超高传染性的"疾病"一般,已经迅速蔓延到身边的很多人。

它虽然不痛不痒,却能在关键时刻带给人惨痛的教训。

我曾经在大一大二的时候，每天除了上课、吃饭、睡觉，其他什么也不做，完全不知道自己喜欢什么，或者可以说不知道自己该做些什么。

那一段时间，我整日浑浑噩噩，毫不心疼地虚度自己的光阴，生动而形象地展现了何谓"迷茫"。

每天"三点式"的生活，让我每次清晨醒来对着天花板，都会深深地思考人活着的意义。

身边的同学都在为了各种奖学金忙于学校活动，或者是为了出国考研奋战在自习室，而我除了迷茫什么都不会。那段生活，就如同将一幅原本应绚烂无比的画作，硬生生留出一片空白一般，显得突兀难看。

当我走向社会，开始为各种事情忙碌起来的时候，才明白自己当初为何总是如此迷茫。那段日子过得太过安逸，永远将梦想和目标停留在想象和口头上，嘴上说着不喜欢现在的生活，向往着远方如诗一般的生活，但是又因为自己没有能力，而无法摆脱现状。而结果，又总是安慰自己，不过是太迷茫罢了。

后来，有越来越多的人向我倾诉他们的迷茫。有的人会询问继续读研深造还是进入社会工作，是继续待在本行业还是跨界。他们长期处在对未来的迷茫中，甚至很享受这段迷茫的时光，因为这段时间是一个看似很"安逸"的阶段，只需要坐下来思考，而不用做出切实努力。

他们会围在你的身边，喋喋不休地倾诉自己的想法，对各种选择都做了利弊分析，而当你询问他们为此做了何种选择，并且做了什么努力和准备的时候，才发现他们永远会将这种选择停留在口头上。所谓考研或者是换工作，他们都不曾做出过半分努力。所有的上进心和努力，在行动面前顿时灰飞烟灭。

觉得迷茫，不过是因为生活过于安逸，充斥了大量空闲的时间，而他们将这些大把的空闲时间用来无病呻吟。生活忙碌且充实的人，会因自己的目标越来越明确，根本没有时间思考何为迷茫。

如果想要摆脱迷茫的生活状态，就要学会远离安逸生活的自己。

我有一个学妹，本科师范专业毕业的她，在同学们还在每日奔波寻找工作的时候，就已经拿到了一所民办院校的教师职位，工作稳定，福利待遇好。父母满意，朋友羡慕，就连学妹本人也对这份工作满意极了，高高兴兴地入职了。

但是很快她就发现，这种生活要比大学生活还要轻松和单一。她每周只有四节课，上完课就可以回到家中忙自己的事情。在空闲的时间里，有的老师会在学术上进一步提升自己，有的老师热衷于各种社会实践……而偏偏她是个很懒的人，在这种稳定的环境下，干脆享受起来，所以在很长的一段时间里，学妹的生活就是上课、吃饭和睡觉。

时间久了，安逸的生活过腻了，学妹也开始对这种一眼就望到头的人生有所不满，但是又该如何摆脱现状，是学妹一直在思索却得不到答案的问题。那段时间，学妹对我说的最多的一句话就是："我感到非常迷茫，不知道接下来要做些什么。"

后来，恰逢学校开始选拔各院系的团委书记，面对这个千载难逢的好机会，学妹有心一试，我也十分支持她。但是学校里明文规定必须是研究生学历以上，她看着自己的本科文凭，那种茫然失措的感觉又一次席卷而来，虽然自己想要有所改变，可是学历一般的她，如何才能把握住机会呢？

是守着这个一眼望到头的工作，还是努力一把，去拼搏一下？她犹豫了很久，终于还是选择了后者。

学妹的底子很好，加上自己没日没夜地刻苦学习，最后如愿地考取了国内一所知名院校的研究生，并且辞去了原来的工作，选择奔赴大城市继续深造。

其实，大家都听过温水煮青蛙的故事，当时我们还嘲笑过青蛙的愚蠢，但是回首我们的生活，就会发现，很多时候，我们也犯了那只愚蠢的青蛙所犯的错误。

我们都有自己的梦想，但是渐渐由于安逸的生活而忘记了自己的梦想，也放弃了自己的努力，在迷茫中迷失自己的脚步，虽然一时半会儿感觉不到任何不适，甚至还会感到舒服，但是当迷茫持续积累，温度持续升高，等你感觉到不适，想要跳出来的时候，已经完全丧失了逃脱的能力。

要知道，就在你享受安逸之时，就在你在这段"岁月静好"的时光中困惑迷茫之时，那些高情商的人，那些更加能吃苦的人，每天都在为自己的目标努力奋斗着。你会发现自己不知不觉中已经和别人拉大了距离，他们早已在成功的道路上越走越远。

如果不想被迷茫的感觉支配人生，不妨停下来，问一问自己的人生方向是什么。

梦想的实现从来不是一蹴而就的，几乎所有的成功都要依靠日积月累，凭借一点一滴的努力，甚至是无数个日日夜夜的努力换得。

我们曾羡慕的那些人可能曾经也和我们一样迷茫，但他们在大千世界中找到了自己，一步一个脚印，踏踏实实地走到了今天。

成功不是机遇的恩赐，
而是奋斗的必然

平日里没有准备的人，对机会也失去了敏锐的洞察能力。即使机会来到面前，也毫无察觉。当机会马上就要溜走的时候，才后知后觉，可惜为时已晚。

我有一个邻居，不过二十出头，是个大学生。但当别的大学生还住在学校提供的宿舍楼里时，他却为了不打扰同宿舍的同学，早早地出来租了一套房子，开始了创业之旅，踏上了电商之路。

房东曾不止一次跟我说起这个孩子根本就是在胡闹，在本该上学的年纪不好好读书，脑子里却想着创业，以后能有多大出息？

但是在我眼中，这个年轻人虽然提前走上了创业之路，但是从不会以此为借口缺席每一节课。他总是早早地起床去学校上课，上完课就马不停蹄地跑去工厂寻找货源。为了寻找到性价比最高的产品,他不厌其烦地在网上对比着不同工厂商品的差异。甚至为了让自己的店铺更加有特色,他常常买了酒菜,敲开我家的门,磨着我教他一些营销技巧。

就这样坚持了一年,他不仅以优异的成绩拿到了学校的奖学金,而且店铺也经营得有声有色,规模不断扩大。

他说:"电商发展如火如荼,对于想要创业的我来说,是一个千载难逢的好机会。我既不想因为自己还未大学毕业而错过这次机会,更不想因此荒废学业、面对丢掉毕业证书的危险。因此,我唯有加倍努力奋斗,才不会让机会从眼前溜走。"

事实确实如此,他不断地寻找、学习优秀的营销方法,从来没有因为一点点成就而有所懈怠,将自己的店铺打理得越来越红火。后来,在他搬走的时候,他的店铺已经成为网站上的优质店铺,他还被推选为网站年会的优质红人店长。

面对机会,高情商的人早已准备妥当、蓄势待发。因为他们知道,机会本就是为有准备的人产生的。

其实,只要愿意努力奋斗,时刻准备好,那么就会具备发现机会、创造机会的能力。

泰国有一座非常独特的雕像。这座雕像的正面看起来是一个婀娜多姿的女人,但是看不到女人的脸,到背面一看,光秃秃的,什么都没有。经过了解,我才知道,这是机会女神之像。

这座雕像意味着当机会来到你的面前时,我们往往看不清她的真实面貌,不知道这是可遇不可求的机会;可当她走了的时候,才发现是机会,但是,当你再去抓的时候却抓不住,因为后面光秃秃的，根本没有可伸手抓住的地方。

平日里没有准备的人，对机会也失去了敏锐的洞察能力。即使机会来到面前，也毫无察觉。当机会马上就要溜走的时候，才后知后觉，可惜为时已晚。

所以，当机会来临的时候，平日里努力奋斗的人总是可以先抓住机会，然后将这次机会变成自己发光发亮的转折点。而那些平日里连准备都没有的人，即便是发现了机会，当你去抓的时候，连一根头发丝都抓不住。

具备了抓住机会的能力后，更要具备抓住机会的"真材实料"，否则，没有任何长处的自己，只能让眼前的机会白白溜走。

前一段时间我的一个远房堂弟在积极准备考试，按照他的说法，如果通过了这个考试，可以在大学再读两年书，毕业之后的待遇和工资会有一个质的飞跃。所以那段时间，他在网上买了一大堆与考试相关的资料，每天发布的朋友圈内容不是看书就是准备看书。

但是这种状态仅仅维持了不到一个月，他就原形毕露，朋友圈内容变成了吃吃喝喝，读书的事情也不知道扔到哪里去了。

于是我便在微信上问他："怎么近段时间不见你看书了？"

堂弟支支吾吾地辩解道："我看着呢，只不过最近比较忙，参考书有十几本之多，每本都有厚厚的几百页，自己根本看不过来。"我想要劝他几句，他却说自己马上要出门了，于是这件事便也不了了之。

直到最近我听说堂弟想要参加的考试的成绩出来了，才问起叔叔，而叔叔则是扬扬手说："别提了，那小子三天打鱼两天晒网，别说看书了，他连考试都没去参加。"

而堂弟还在自我安慰："没关系，错过了这次机会，还有下次。"

堂弟就是因为没有真材实料，所以他只能看着这个令人艳羡的机会，而无法抓住它。

成功不是机遇的恩赐，而是奋斗的必然。情商高的人，早已不再将成功归结为偶然的机会和一时的幸运。因为机会要被创造、被发现、被抓住，还要被充分利用，在这个过程中，但凡有一点准备不周、努力不够的地方，就会前功尽弃。

与此同时，在机会面前，我们还要做到不退缩，敢于尝试，有实践的决心，才能不遗失每一次改变命运的机会，最终才会成就更加闪耀的自己。

你不去做，就永远不会有收获。与其不断地遗憾，不断地抱怨，不如好好地把握当下，努力奋斗拼搏。

不要被别人的评价蒙蔽了双眼

事实上,世界上没有永远不被否定的人,也没有永远被称赞的人,每个人都不可能做到人见人爱,更没有哪个人一无是处。例如,当你说话太多的时候,会有人批评你太过聒噪;等你沉默的时候,别人又要批评你像个哑巴。

偶然间,在一本杂志上看到这样一句话:"不要太在意别人的看法,因为只有自己对自己的肯定才是生命的重心。"

看到这句话后我才明白,别人对自己的看法并不重要,不能让别人的意见左右你的人生,只有自己才是真正的主宰者。

可我经常发现,一些人会因为在意别人如何看自己,而徒增悲伤,加重心理负担。尤其是把别人对自己的看法当作自我定位的依据的时候,就会变得更加严重,甚至常常因为一些负面的评价,从而蒙蔽了双眼,打乱了思维,束缚住了头脑,影响了情绪。

有的人在小的时候，不怎么爱说话，于是家长们总爱武断地扣上"内向"的帽子，而且总会说："你这么内向，以后怎么办啊，现在社会上内向的人都不太受欢迎。"语气里充满了对未来的担忧。

时间久了，在这些言语的影响下，有些人真的会以为自己是一个很内向的人，甚至会刻意地变成一个内向的人。

其实，在社会上总会有各种各样的人来对我们进行评价，这种评价是无法避免的。于是，高情商的人，对于那些有利于自己成长的评价进行了接受和吸收，对于那些没有意义的评价，则没有放在心上，选择了遗忘。

如果不能对那些错误评估自己的言论进行正确处理，而受它们的影响和支配，就会对自己的人生产生巨大的危害。

我有一个发小叫张林，从小就是个很优秀的人，而且事实证明张林确实很优秀。从小学开始，他的成绩就一直名列前茅，谁都夸他是个值得学习的榜样。

但到了高中，张林的优势就在文理分科后逐渐丢失了。其实，张林并不适合理科，但是他的母亲听别人说学理科在以后更容易找工作，文科是留给那些理科学不好的人选报的。所以，经不住母亲和周围亲戚的连番劝说，张林放弃了自己最擅长的文科，报了理科。

分科之后的他不再是年级第一的保持者，尽管依旧在班级前几名的行列，但是学校排名已经滑落到了五十名开外。

张林的母亲不仅没办法再向别人夸耀自己的孩子多么优秀，而且在看到别人家孩子优秀的成绩之后，愤怒地将这一切问题的原因一股脑儿地推给了张林，指责张林变坏了，不再好好学习了。而她的那些亲戚们，也纷纷议论张林的成绩和表现。

张林一下子从别人口中的好学生变成了坏学生。而张林也因为周围人的评价，感觉自己好像真的已经不再优秀了，选择了破罐子破摔，成绩一落千丈。

张林之所以发生如此大的变化，正是因为低情商的他没有学会处理他人给自己的评价。其实，张林就像是我们身边的一些人，想要通过完美来得到别人的称赞，但是当有一天这种完美与优秀一旦出现一点点偏差和失误，被身边的人无限放大，接连受到他人的指责与否定，他们的世界也就崩溃了。

事实上，世界上没有永远不被否定的人，也没有永远被称赞的人，每个人都不可能做到人见人爱，更没有哪个人一无是处。例如，当你说话太多的时候，会有人批评你太过聒噪；等你沉默的时候，别人又要批评你像个哑巴。

我们不能掌控别人对自己的评价，也没有必要试图依靠别人的看法生活，否则将把自己的生活建立在一堆沙子上。

一千个人心中有一千个哈姆雷特。因为每个人的思维方式不同，想法也在随时改变，对于同一件事，有人称赞也会有人诋毁。

我们曾经接手过一个关于传统手工数据调查的项目，因为之前不曾做过类似项目，所以在公司里出现了很大的意见分歧。有一部分人坚持要用现代先进的信息技术进行信息采集，而另一小部分人则坚持使用最原始的民间调查法。

最终两方谁也不肯放弃，所以便成立了两个小组同时进行。新技术的这个小组刚开始进行得十分顺利，他们很轻松地找到了近十年的相关数据。而民间调查小组的这些人，不仅信息收集很慢，而且十分浪费时间。于是在一个星期之后，民间调查小组的人陆陆续续放弃了，最后只剩下一个叫作王盛的年轻人依然在坚持。

很多人都笑话他傻，因为大家都认为他的调查方法是有问题的，是没有效率的。但是尽管如此，王盛依旧每天在大街小巷穿梭，拿着一支录音笔和笔记本细心地搜集着。

又过了一个星期，开始有人质疑王盛只是想借着这种调查方法偷懒休息。但是王盛丝毫没有理会同事的质疑，也没有解释，依旧埋头搜集资料。

一个月后，王盛的进度终于有了大进展，而新技术小组在这个时候已经丧失了优势。因为随着社会的变迁，传统手工的继承人和传播人已经非常少了，网络上记载的信息几乎为零。

在这个过程中，无论是别人质疑王盛在偷懒，还是同组人纷纷放弃，都没有改变王盛继续利用民间调查法搜集信息的做法。深刻了解这一调查法优势的王盛知道，他人的评价不一定是正确的，只有经过亲自实践操作，才能验证自己的想法是否正确。

其实，人的一生中，总会听到很多来自他人的评价。但他人的评价只代表他人的想法，别人口中的自己，也不会是自己真正的模样。因此，不要将别人的评价当作"真理"，蒙蔽了双眼，无法分辨真正的对错，更没有必要根据他人的盲目评价而改变自己的人生。

我们需要做的，就是遵从自己的内心想法，不改变初衷，不做违心之事，过好自己想要的人生。

Part 8

对于让我们无能为力的情况,我们可能会充满无可奈何,但是千万不要因此颓丧和自暴自弃,因为你手中已经握住一个非常宝贵的筹码,那就是自己。

耐得住寂寞,才能拥有未来

没有谁是世界的中心

世界有一套既定的运行模式，每一个人都具有存在的重要性，但这种重要性是有限的。换句话说，这个世界上无论少了谁，都不会停止运行。所以，千万不要自以为是，把自己当作世界的中心。只有当我们认清了自己，跳出自我束缚的框架，从不同视角观察世界，才能看清世界。

我们身边似乎总是有一些自以为是的人。

因为自己被别人追求过，就觉得自己成了对方的全部和唯一。于是便仗着对方的这份喜欢而心安理得地接受对方所有爱意的馈赠，毫无愧疚地指示对方为自己做事。

因为自己是家庭中的顶梁柱，或是家人非常依赖自己，就觉得家庭离了自己就会分崩离析，家人就无法好好生活，于是就开始任性而为。

因为自己在工作中身居要职，就觉得老板和上司无法离开自己，于是狮子大开口般地要求天价薪资。

……

这个世界上，总会有一些对于别人来说并不是那么重要的人，却错误地认为自己无可替代，甚至可以成为世界的中心。

杜洪就是一个喜欢把自己看成世界中心的人。

因为自己身居要职，所以杜洪在公司里总是一副肆无忌惮的样子。因为部门主管比自己年轻，资历又不如杜洪深，所以杜洪对这个"空降"的部门主管十分不满，在日常交谈中从来没有尊重过对方。

主管姓徐，公司里的人都会称呼一句"徐主管"，但偏偏只有杜洪一人称其为"小徐"。

有一次，徐主管给杜洪分配了一个项目。因为杜洪的工作能力不错，所以这个项目让杜洪来做最合适不过，如果交给其他人来做，效果可能没有杜洪做出来得好。

徐主管对杜洪说："因为这个项目比较紧急，所以麻烦你这几天辛苦一下，争取在截止日期前赶出来。"

而杜洪的眼睛一直盯着手机屏幕，一边玩着手机游戏，一边心不在焉地说道："知道了，小徐。做好之后我通知你过来拿。"

听到这句话，徐主管的神情有些不自在，不过还是忍住了，只是又叮嘱了一句："请务必按时做好。"

杜洪却格外不耐烦地回答道："行了，知道了。你烦不烦？"

不仅如此，杜洪还经常说："如果没了我，工作上的技术难题该如何处理？老客户的刁难该如何应对？"

就好像如果他不在，公司的会议就开不了、项目无法顺利进行、客户谈不下去，就连卫生也打扫不干净似的；就好像他不在公司一天，公司就要关门一天，他离开公司，公司下一秒就要倒闭似的。

这样的人往往仗着自己有点工作能力，仗着自己对公司做出过贡献，就把自己当作整个公司的中心，甚至看不起公司里的同事，不是对他们颐指气使，就是吆五喝六。

而且，杜洪还经常无法忍受自己以外的人成为焦点。

同事刘杰新买了一件风衣，因为款式新颖，做工优质，所以吸引了另外几个同事的目光。大家纷纷围上来夸赞这件风衣好看，夸奖刘杰有眼光、会搭配衣服，还向刘杰打听在哪里购买的，下班后自己也要买一件，更有甚者，拿起刘杰这件风衣在自己身上试穿，迫不及待地想要感受一下效果。

一时间，办公室的气氛十分轻松。

正在这时，杜洪走进办公室，看到同事们围在刘杰身边有说有笑，心里顿时有些不舒服，冷哼了一声坐下了。原本轻松的气氛突然被打破，大家只得回到各自的座位上。

还有一次，同事王伟想出了一个很有创意的点子，在晨会上提出之后就受到了主管的重视，并让王伟详细地讲述一下，于是整个晨会都是王伟在阐述自己的创意。晨会结束后，主管还亲自带着王伟到总经理的办公室做汇报。

这原本没有什么，但是王伟的新创意一旦得到高层的认可、实践起来之后，杜洪所掌握的技术就显得没有那么重要了，甚至可以弃之不用。

杜洪把这一切看在眼里，心中如同打翻了好几坛醋一样泛着酸，从此看王伟越发不顺眼。

后来，王伟的创意最终得到落实，项目的效率得以提高了一倍，给公司带来了巨大的经济效益。当所有人都为王伟和公司感到高兴的时候，杜洪的心情却如坠冰窟，因为主管和他说了转岗的事宜。

转岗的意思，就是将杜洪从现在的技术岗位调到人事部门，虽然薪资和福利都没有任何变化，但是对于杜洪而言，却是在他的心头狠狠地捅了一刀。

杜洪对于这次人事调遣非常不满，怒气冲冲地跑到正在开会的众多部门主管中间，冲着他们喊道："没有我，公司的项目肯定不能顺利进行下去。要是我走了，你们就等着项目出问题吧，看你们到时候怎么办。"

他列举了自己在公司的种种重要性，但是，这些都没有让上司们有任何触动。因为，一个成熟的公司，必然有一套自己的运行体系，绝不会因为某个人的缺失而影响公司的正常运转。

也就是说，只有杜洪一人把自己看作公司的中心，他高估了对自己的评判，也高估了自己对公司的影响。后来，杜洪的辞职申请以很快的速度审批下来，当杜洪收拾好自己的东西时，他的心中一定依旧想着，公司没了自己肯定无法顺利运转。

但是，等到杜洪离开公司后，公司并没有像杜洪说的那样难以继续运转。相反，因为有了新的创意，公司的业绩节节上升，利润也翻了一番。

世界有一套既定的运行模式，每一个人都具有存在的重要性，但这种重要性是有限的。换句话说，这个世界上无论少了谁，都不会停止运行。所以，千万不要自以为是，把自己当作世界的中心。只有当我们认清了自己，跳出自我束缚的框架，从不同视角观察世界，才能看清世界。

我们要时刻保持一份平和的心态，以理性的思维认真地审视自己，正视自己，既不妄自菲薄，也不要好高骛远、过于夸大自己的重要性。而要以客观事实为基础，做好自己应该做的事情，做好自己的本职工作。在这个基础上，我们才能不断地提升自己的能力。

我们唯一能左右的，只有自己

人的能力是有限的，总会遇到一些我们无法改变的东西。对于让我们无能为力的情况，我们可能会充满无可奈何，但是千万不要因此颓丧和自暴自弃，因为你手中已经握住一个非常宝贵的筹码，那就是自己。

我认识一个叫马珂的女孩子，个子小小的，身材瘦瘦的，给人的感觉却是浑身上下充满了能量。在旁人眼里，她就是一个将自己管理得很成功的典型，事实上也的确如此。

当同学们步入大四，开始像无头苍蝇般四处寻找工作的时候，马珂却目标坚定。她飞奔在月台上，乘坐北上的火车，破格进入了一家知名图书公司进行实行。

马珂的同学很羡慕她的幸运，因为那家公司有明文规定，学历要求最低为硕士研究生，而这次却突然为马珂一人破例。

但她的幸运明显不是偶然的。原来，马珂早在大三的时候，就已经通过向该公司的主编阐述一些非常独到的观点，吸引了主编的注意力。不仅如此，马珂还曾以兼职的形式，帮这家公司校对、排版过几部书稿，质量非常好，主编对她赞不绝口。

只拥有本科学历，是马珂无法改变的现实，但她却通过努力奋斗来改变自己，证明自己的能力，最终被这家知名图书公司破格录取。

回想身边的其他人又在忙什么呢？

在这个重要的人生十字路口上，很多人迷茫于自己的未来选择，将自己的时间白白浪费在了徘徊上。

我想，在很多人为了不挂科和拿够学分顺利毕业而背书的时候，马珂已经在思考一个编辑人员应该具备的素质了；在很多人为了奖学金而穿梭在辅导员、学院书记办公室和他们搞好关系的时候，马珂已经在路上，开始积累知识、增长经验了。

所以，很多人和她之间的区别在于，她有明确且长远的目标，并且有坚定而充分的行动力，而别人只有眼前的世界。因此，当那些人尚沉迷于五彩斑斓的微博世界时，马珂已经利用微博找到了自己的兴趣点，明确了自己的努力方向，并且踏踏实实地提升了自己的专业能力。

换句话说，马珂很早就懂得了一个道理，面对无法改变的现实，我们仍然可以做一些事情，那就是改变自己，左右自己的人生命运。

命运带给我们每一个人的磨难或者幸运也许不同，但是有一个共同的特点，那就是我们无法改变也无法控制。而有些人之所以能够经历磨难而愈加耀眼,就是因为他们学会了改变自己,掌握了足够左右自己人生的能力。就像马珂,其实就在她刚刚进入那家知名图书公司工作的时候,也并非想象中那样顺利。

公司内部采用"末位淘汰制",即每年在员工中进行一次考核,如果考核不达标,就要面临"出局"的危险,竞争的激烈程度远比马珂想象的高。

作为一名刚刚进入图书行业的新人,马珂自然要承受比别人更大的竞争压力。周围同事的学历比她高,经验比她多,业务水平比她熟练……在这家人才辈出的知名图书公司里,马珂真正感受到了什么叫作"一山还有一山高"。

如果不想被淘汰,想要达到和同事们相同的水准,那么马珂唯一能做的,就是变得和他们一样优秀。

于是,她选择了继续用行动改变自己,让自己走出困境。

我能想象得到,周末别人约会的时候,她肯定在埋头苦读;清晨,别人享受着被窝里的温暖的时候,她肯定还在勤奋学习;半夜别人都进入梦乡的时候,她肯定依然在努力向前。

她知道,那些选择向现实环境和命运低头、而没有勇气改变自己的人,永远无法看到成功的希望。

结果正如我们所料,马珂在毕业后顺利转正,而且边工作边顺利考下了编辑资格证。后来,她又成了一名小有名气的编辑,名誉和收益都源源不断地向她靠过来。

正当别人都认为马珂已经知足的时候,她却选择了辞掉人人羡慕的工作,转而继续攻读硕士研究生。

对于这一决定，很多人都感到诧异，甚至为她感到惋惜，即使研究生毕业，也不一定能够顺利找到待遇如此好的工作。但在后来的一次偶然相遇聊天中，我才明白，她选择了又一次突破自己，只为完成自己更加高远的志向。

人的能力是有限的，总会遇到一些我们无法改变的东西。对于让我们无能为力的情况，我们可能会充满无可奈何，但是千万不要因此颓丧和自暴自弃，因为你手中已经握住一个非常宝贵的筹码，那就是自己。

只要拥有足够改变自己的勇气，那么即使遇到再难以承受的打击和磨难，也能够重新微笑着站起来，向无情与残酷的现实抗争。

让我们来认识一个人，代国宏，汶川地震幸存者，虽然捡回了生命，却失去了双腿。第一次看到他，是在超级演说家的舞台上。他自信、坦然、淡定的表现，以及声情并茂的人生历程讲演，让我很难将天灾与他扯上关系。

要知道，国家游泳队队员是他的另一个身份。但我们很难想象没有了双腿的他，需要在水中经历多少次的失衡，才能换来自由穿梭的本领；需要付出多少艰辛，战胜多少困苦，才能让国歌奏响在残奥会的上空。

无疑，代国宏是一个高情商的人。面对无法预料和改变的天灾、面对失去双腿这一残酷的事实，虽然他也曾痛苦，曾向老天怒吼，曾抱怨命运的不公，甚至一度丧失了活下来的勇气，抱怨为何地震不直接夺取他的生命，但最终他选择改变自己，通过肢体动作（学游泳）、语言（当众演讲）等方式来以另一种精彩、成功的姿态站在众人面前。

　　生活中的磨难，我们无法改变，无法逃避，那么就把它当成是通往高点的阶梯，积蓄力量，奋力攀爬；遇到生活中的十字路口，我们无法止步不前，无法不做出选择，那么就沉下心来，问问自己，到底想要往哪里走？这样走有哪些益处？最坏的结果自己能否接受？回答完毕，立刻迈出前进的脚步。
　　只要我们有坚定的信念，就能通过努力来改变自己，让自己成为一个更优秀的人，以此来适应这个我们无法左右的世界。
　　山就在那里，我们无法让它过来，却可以迈出自己的脚步向它走去。

寂寞不会被打败，
只能被驯服

很多人曾经被寂寞所滋扰，他们仓促地接受一段感情，改变既定的计划，疯狂地想要融入到某个圈子里，只为了证明自己交友广泛、生活充实，只为了不惜一切代价对抗寂寞。

但是，他们却从来没有打败过寂寞。寂寞成了时时萦绕在心头却无法驱散的心魔。

我认识一个姑娘，名叫廖卉。她曾经问过我一个问题："如何才能摆脱寂寞？"

虽然廖卉是一名独生女，但父母工作繁忙，经常无法抽出时间来陪伴她。

小时候，每次等到父母都去上班的时候，廖卉就自己一个人躲在空空荡荡的房间里，拿着布娃娃玩过家家的游戏，或是把镜子中的另一个自己想象成自己的妹妹，和"她"聊天。

所以，廖卉一直很寂寞，而且特别害怕寂寞。

前不久，廖卉去一家公司实习。第一天下班后，她就急急忙忙地找到我，向我连番吐槽第一天工作的不适。

廖卉说，因为是第一天上班，所以她非常重视，于是便早早地来到了公司。但是却因为一个人都不认识，只能非常尴尬地坐在座位上。期间，没有人主动过来询问她，更没有人主动向她介绍一些基本情况，一种强烈的寂寞感立刻涌上心头。

突然有一瞬间，那种被寂寞支配的恐惧再一次如同海浪一样席卷而来。

于是，一整天的时间里，廖卉都坐立不安，非常想要逃离。

听了她的描述，我不禁失笑道："别把公司形容得像洪水猛兽一样。你不妨回想一下，当你去到一所新的学校，走进一个新的班级，面对全然陌生的老师和同学时，你是如何做的呢？"

廖卉说："这种感觉不一样，上学的时候，大家彼此都不认识，都是通过接触和聊天才慢慢地熟悉起来。而在公司的环境里，我就好像是一个本不该闯进来的陌生人，无足轻重，可有可无。这种不被重视和寂寞的滋味让我非常难受。"

不仅如此，在生活中，廖卉还一直特别羡慕那些能够成为话题中心的人。每次朋友们聚在一起，总是围坐在某个人身边，如同众星拱月一般。而她呢，就算是长时间消失，也没有人关心或问候一句。

很多人曾经被寂寞所滋扰，他们仓促地接受一段感情，改变既定的计划，疯狂地想要融入到某个圈子里，只为了证明自己交友广泛、生活充实，只为了不惜一切代价对抗寂寞。

但是，他们却从来没有打败过寂寞。寂寞成了时时萦绕在心头却无法驱散的心魔。

当他们喋喋不休地把自己遇到的有趣经历讲给朋友们听，只希望博得大家一笑和关注时，大家却默不作声，对这个笑话无动于衷。

当他们把受到的委屈向最好的朋友倾诉时，朋友却不痛不痒地安慰几句，然后万分抱歉地以"公司加班"为理由中断了对话。

……

这些做法往往得不到他人的回应，于是他们越发感觉到寂寞。

可是，人生原本就是这个样子，寂寞是人生永恒的主题之一。从我们出生开始，在不断向前奔驰的人生之旅上虽然可以不断迎接新加入的朋友，但是也必须面对不断有人离开的事实。父母、亲戚、朋友，甚至是伴侣，无论是谁，都有可能离开我们，我们终将会遇到身边只有自己的时刻。

寂寞常常来得猝不及防，让我们全然没有一丝丝防备。同时，它又如影随形，躲在每一个人的身后，会在你出其不意的时刻，滋扰你的生活，消磨你的意志，甚至影响你的人生。而且最重要的是，无论我们做出何种努力，都无法让寂寞消散，也无法摆脱寂寞的跟随，无法打败寂寞。

"当你无法打败寂寞的时候,为何不选择与它握手言和,驯服它呢?"我问廖卉。

廖卉显然有些不理解,茫然地睁大眼睛看着我。

于是我接着解释:"既然无法摆脱掉寂寞,那么就要换一种方法,当你感到寂寞的时候,不妨去寻找一些自己感兴趣的事情做,以此来打发独自一人的时间。而并非一定要去扎在人堆里,以期证明自己打败了寂寞。"

如果想要好好活着,就要学会适应寂寞,拥抱寂寞,驯服寂寞。

后来,廖卉果然按照我说的那样,去尝试独处的感受。

当公司里的同事在午休时三三两两地聚在一起聊天的时候,廖卉不再刻意融入他们的圈子,而是从抽屉里拿出一本书开始阅读。下班后,廖卉会去公司隔壁的健身馆学习瑜伽,或是拿出画笔在纸上挥洒五彩斑斓的图画,来满足一下学生时代没有实现的画家梦。

不过,这并不代表廖卉没能和公司里的同事融洽相处。相反,卸掉了包袱的她,反而能够更加真诚地与同事相处。她不仅不吝于帮助忙碌的同事影印一些资料、帮忙给文档校对和排版一类的小事情,而且还能够利用平时积累起来的色彩搭配知识,帮宣传部门的同事制作出颜值颇高的海报和宣传画册。而且,廖卉还在周末的时候,邀请同事到家里来做客,品尝自己新学会的菜式。

最近一段时间,廖卉还迷上了旅行。她总会在假期的时候去另一个地方,感受不一样的风土人情。从她的朋友圈的照片来看,她的生活着实有了翻天覆地的变化,变得充实而有生趣。

后来,再遇到廖卉时,我问道:"你还会经常地感到寂寞吗?"

"当然,"廖卉笑着回答,"不过我已经开始享受这种感觉了。"

我们可以对自己的人生做出不同选择,以此来成就不一样的人生。当我们选择正视寂寞,而不是一味地想要躲避和打败它时,就会慢慢感受到独处时的乐趣;当你成功驯服寂寞时,你就会得到独处带给你的馈赠。

不要再频繁地通过社交软件寻找存在感,也不要再痴迷于无意义的聚会,更不要强行融入本不属于你的圈子。

试着给自己的心灵一个安静的栖息地,沉淀平日里听到的各种嘈杂;试着感受身边每一个细小的美好和变化,让小小的幸福感充盈心田;试着利用自己的独处时间,多去学习一些感兴趣的东西,让自己更加充实,让生活更加美好。

你如何对待寂寞,寂寞就会如何对待你。请早日学会驯服寂寞,做一个享受寂寞的人。

不要因为孤单而去"绑架"他人

每个人都有孤单的时候。在这段时光里,有的人曾经因为孤单而感到难受,甚至彻夜不眠,拼尽全力地流连于人群之中寻找心灵的慰藉。

公司里有一个同事叫周霖,喜欢参加各种各样的聚会活动,在公司里是出了名的爱凑热闹。

周霖刚来公司的时候,大家认为他每次聚会必到场的原因,要么是碍于情面,要么是想要尽快和同事之间形成良好的人际关系,争取能够早日融入新的工作环境。

我原本也以为,等过一段时间,周霖便不会这么积极地场场必到。可是没想到,已经完全适应工作环境的周霖,反而变本加厉。如果当天没有人提议聚会,周霖便主动组织,每到临近下班的时间,都是周霖最繁忙的时候,大到十几人的聚餐,小到三五个人小酌,只要有人应和,周霖从来都是乐此不疲。

下班后偶尔聚一聚，其实是公司同事之间都乐意做的事情。但是时间久了，大家明显不再适应如此频繁的聚会，于是纷纷推脱。

看到周霖有些沮丧的样子，我不禁上前询问道："下班后回家安静地待着，做点喜欢的事情，不是也挺好的吗？为什么非要和同事出去聚会呢？"

"我自己一个人住，下班回到家后，就变成了'孤家寡人'，只能面对冷清的屋子，所以我不想那么早回家。"周霖回答道。

"每天参加聚会，难道你不会感到疲惫吗？"

"与其被孤单的滋味折磨，不如去追求累得摊在床上不愿动的感觉。"周霖一脸的无奈。

原来，周霖不是因为喜欢热闹的感觉，而是因为害怕孤单。害怕孤单的他，过于依赖和别人待在一起的感觉，每天恨不得二十四个小时都和别人待在一起，仿佛只有这样，才能彻底摆脱孤单。

但是，过于依赖和他人待在一起的感觉，反而让周霖在大学期间就失去了一个最好的朋友，只不过当时的他还没有意识到这一点。

周霖之前的好朋友名叫孙覃，两人可谓形影不离，无论走到哪里，都要结伴而行。周霖也格外依赖这个无条件陪伴他的好朋友。

但是，因为过于依赖，所以两人的关系也出现了不小的矛盾和裂痕。

有一次，孙覃需要赶在截止日期之前完成一篇论文，因为他的导师是全校出了名的严厉，根本没有延期交稿的可能。

正在孙覃十分专心地写论文的时候，周霖跑过来对孙覃说："咱们一起去吃午饭吧。"

"我没空，你自己先去吃吧。"孙覃对周霖说道，连头都没顾上抬。

周霖却十分不乐意，因为在周霖的印象中，这是孙覃第一次拒绝自己的请求，于是他说道："吃完饭再继续赶论文也来得及，难道老师会因为你晚交一个小时论文而让你挂掉吗？论文难道比陪我吃饭还重要吗？"

见孙覃依旧十分认真地看着电脑，周霖的怒火更加旺盛，"哗啦"一声将桌上的书扫在了地上，然后头也不回地离开了。

虽然事后周霖为自己的鲁莽和任性向孙覃道歉，孙覃也接受了周霖的歉意，但是两个人之间的友情还是有了裂痕。

后来，孙覃交了一个女朋友。尽管如此，周霖还是形影不离地跟在孙覃身后，一起去吃饭、逛街……

如此紧密地跟随在身边，让孙覃有一种无力的窒息感，每当周霖在身边时，就感觉浑身不自在，没有办法好好享受自己的生活。

有一次，孙覃终于忍无可忍，把周霖叫到一边，和他摊牌道："你能不能不要老跟着我了？"

周霖不解道："什么意思？难道我们不是最好的朋友吗？"

"我们是朋友不假，我也很庆幸有你这样的好朋友。但是你难道没有发觉,你过于依赖我,以至于让我无法呼吸了吗?每次和女朋友出门的时候,你都要跟在身边,一次两次倒也无妨,可是次次如此,我女朋友已经对我十分不满了。更何况,因为你对海鲜过敏,女朋友想吃的那家海鲜自助餐厅一直没有去成,为此已经向我抱怨好几次了。"

"既然你不想让我打扰到你们,那就直接跟我说,我就不会去了。"

"还有,"孙覃补充道,"上次放假时,我原本计划回家看望父母,可是你却说因为假期没有人陪你,非要我留下来陪你。可我已经连续好几个月没有回家看望父母了。你现在也是这么大的人了,难道连独处都做不到吗?我真的不知道你在害怕什么。"

"我不过是害怕一个人而已……"周霖怯懦道。

"可是,我和你是两个独立的个体。我需要有自己的时间和空间来做自己的事情,如果你因为孤单而过多地占据我的时间,就相当于是在浪费我的时间和生命。"孙覃严肃地说道。

我们常说,害怕孤单,是人之常情,好朋友相互陪伴,就是为了避免自己一人太过孤独。但是,周霖的做法未免有些过分,因为害怕一个人独处,因为害怕孤单,所以硬生生地闯入孙覃的生活,蛮横地让他陪伴自己,以躲避孤单的滋味,却从来不会为孙覃考虑。殊不知,这种自私的做法,已经严重影响到孙覃的日常生活了。

每个人都有孤单的时候。在这段时光里,有的人曾经因为孤单而感到难受，甚至彻夜不眠，拼尽全力地流连于人群之中寻找心灵的慰藉。

摆脱孤单的想法无可厚非，找人陪伴的做法也没有什么问题。但是，朋友不可能时时刻刻陪伴在我们的身边，他们或许可以帮助我们一次，但却不能每次都出现在我们需要他们的时候，帮助我们消除孤单感。

更何况，找人陪伴更像是一剂缓解病痛的药剂，它只能缓解孤单的滋味，却不能根治孤单。高情商的人，绝不会因为自己的孤单而去"绑架"他人，这是白白浪费他人时间的做法，也是无法真正摆脱孤单的行为。

所以，不妨让自己尝试着去正视孤单，因为孤单远没有我们想象的那么可怕，我们也完全可以忍受孤单的滋味。当你真正学会享受独处的时光时，你就会发现，这也是另一种善待自己的方式，而不一定要用人与人之间的陪伴来消除孤单。

学会心平气和地和自己相处，才能真正摆脱心灵上的孤单。

只有先相信自己，
别人才能相信你

如果没有自信，朋友会放心地把事情委托给你吗？如果没有自信，老板会把重要的工作给你做，让你担任更加重要的职位吗？如果没有自信，喜欢的姑娘敢把自己的终身托付给你吗？

答案显然是否定的。

曾经不止一个人向我抱怨过："我明明已经以非常诚恳的态度来对待身边的人，为什么依旧得不到他们的信任呢？"

我观察过，这些人的言语间有懊恼，有愁苦郁闷，更重要的是，他们都有一个非常明显的共同点，那就是对自己不自信。在对自我的长时间怀疑和否定中，自然无法培养出令他人相信自己的气质和态度。

试想，一个人如果连自己都无法相信，那么如何指望他人相信自己呢？

我不由得想起了一个同学,王惠东。在我的印象中,他是一个非常不自信的人。

王惠东的心中有一个暗恋了五年的女孩子。作为好哥们儿,我不禁怂恿他道:"现在都二十一世纪了,既然喜欢人家,就大胆地去追求吧。"

王惠东却摇摇头,一脸怅然地告诉我:"现在还不是时机,等我大学毕业,找到了合适的工作,再去追求她。"

"现在不是好时机吗?"我有些不解。

王惠东说:"我现在只是一个普通的大学生,既没什么本事,也没任何收入,我怕配不上'女神',所以还是再等等吧。"

原来,王惠东只是对自己缺乏那么一点点自信而已。我心里虽然有些不认同,可这毕竟是私事,于是就没有再多说什么。

后来,王惠东十分幸运地进入了一家非常有名的企业,刚入职,收入就颇为丰厚。这时,我认为王惠东总要开始追求他的"女神"了吧。可是,王惠东却又摇摇头,说:"我现在只是一名普普通通的小员工,更何况我现在还没有转正,等我转正了之后再向'女神'表白吧。"

经过一段时间,王惠东终于如愿以偿地转正了,他也终于鼓起勇气,准备向"女神"表白了。

我们几个朋友为了王惠东能够表白成功,可谓煞费苦心,精心设计了一套表白环节。我们准备了气球、蜡烛、蕾丝花朵,甚至几个大男人学会了折纸,折了一个下午的星星、纸鹤等女孩子喜欢的小东西。我们都开玩笑说王惠东简直把求婚的势头都拿出来了,要是到了求婚的时候可怎么办啊。

可是,即使到了即将表白的紧要关头,王惠东依然无法对自己有信心,他不停地询问我们:"我能成功吗?我能做好这件事情吗?'女神'会喜欢我为她做的这些事情吗?"

我只得不停地鼓励他道:"你要有自信,这样才能赢得'女神'的青睐。"

当天晚上,王惠东以同学聚会为由,把"女神"约了出来。饭吃到一半,我们几个哥们心领神会,默默退场。王惠东站在幽暗的烛火里,捧着一束玫瑰花,极尽浪漫。

可是,所有的浪漫气氛被"女神"的一句话全部浇灭了:"对不起,我们不合适。"

"为什么?难道是我不够优秀吗?"王惠东问道。

"你看,这就是我拒绝你的原因。因为你没有足够的自信,不敢去相信自己。缺乏自信的你,怎么能获得我的信任呢?我绝不会和一个不值得我信任的人在一起。""女神"回答完这句话,就头也不回地离开了。

就这样,王惠东最终错过了自己喜欢的人。

自信,从字面上来看,就是相信自己,即心理上对自己将要做成某件事的认同。如果缺乏自信,连自己都无法认同自己,那么该如何取得别人的认同,如何才能让别人相信自己呢?

因为不自信,王惠东辜负了很多人的信任。

王惠东从小练习书法，写得一手行云流水的毛笔字。但是，不自信的王惠东，就连最擅长的书法也羞于展现在人前。

每当老师鼓励他去参加书法比赛时，他总是一副十分抗拒的样子，难为情地对老师说道："我的能力不行，还是把宝贵的参赛名额留给别的同学吧。"

老师只能无奈地摇摇头，将名额让给了其他学生。

久而久之，老师已经在心中将"擅长书法"和"王惠东"之间打上了一个大大的问号。而且，再有类似的书法比赛，老师也不会主动询问王惠东了。班上每逢讨论起书法这个话题，同学们也逐渐更多地提起那名主动参赛的同学，而不再是王惠东了。

不能正确认识自己的能力、缺乏自信，一点点麻醉了王惠东的思想，让他慢慢地沦于平庸、甘于平庸，丧失挑战人生的动力，不再去追求更加优秀的自己，更加难以赢得他人的信任。

有一次，班里竞选班长，老师提出的候选人中有王惠东。不过可惜的是，在投票环节，他并没有得到多少同学的支持，甚至有同学直言不讳地指出："你都不自信，我们凭什么信任你、凭什么认为你能够胜任班长这一职务呢？"

这位同学的话虽然伤人，但不无道理。老师不在的情况下，班长是一个班级的主心骨，需要对诸多班级大事做出决定，如果就连自己也对自身持有怀疑态度，如同没头苍蝇那般不知所措，那么将如何带领同学展开班级工作呢？

如果没有自信，朋友会放心地把事情委托给你吗？如果没有自信，老板会把重要的工作给你做，让你担任更加重要的职位吗？如果没有自信，喜欢的姑娘敢把自己的终身托付给你吗？

答案显然是否定的。

当我们没有勇气去相信自己、总是习惯于贬低自己、质疑自己，将自己置于十分卑微和渺小的位置上时，那么这种自我怀疑和对自己的不信任感就会蔓延到四周。这种缺乏自信的懦弱表现，会导致身边的人不敢再信任我们。

没有自信，就像一幢建筑失去了最重要的根基，即使外表看起来美轮美奂，但它终究会摇摇欲坠，时刻面临倾覆的危险。如果不把重要的根基安装上，那么别人对你的信任就如同在这桩危险的建筑上又加盖了两层，让坍塌的可能性进一步增大。

自信，是一个人成功的根源，是一个人存在于世间最重要的、最可靠的武器。更重要的是，自信可以成为与人交流共事的敲门砖。建立自信，是为了让别人更好地信赖你、支持你，让别人把责任更加放心地放在我们的肩膀上。当你充满自信时，你无须再做什么额外的事情，别人就会自然而然地信任和倚重你，给你更多证明自己的机会。

如果想要让别人相信你，一定要尝试通过自己的努力重拾自信。

Part 9

每个人都有着自以为正确的想法,每个人也有着自己的脾气,没有人愿意无休止地听你的说教与争吵。

让你的能力大于你的脾气

有能力的人，
从不会用脾气征服他人

很多时候，我们在解决问题时，总是第一时间想到借助于乱发脾气、借助于争吵来使得自己的想法被别人理解，使得自己的要求得到落实。但现实却往往不如人意，而且慢慢地你就会发现，依靠脾气，非但不能达到自己的目的，反而会让事态恶化。因为每个人都有着自以为正确的想法，每个人也有着自己的脾气，没有人愿意无休止地听你的说教与争吵。

"大道理我都懂，为什么依然过不好这一生？"经常有人向我提出这样的问题。

其实，很多时候，人生过得好不好并不在于他懂得多少道理，而是与很多因素相关，尤其是能否学会控制自己的脾气。

所谓"脾气"则是说人容易发怒，暴躁的性情。达尔文曾说："脾气暴躁是一个人较为卑劣的天性之一，人要是发脾气就等于在进步的阶梯上倒退了一步。"

所以,有"脾气"并不是一件值得夸耀的事情,它并不能帮我们解决任何事情。"胜人者有力,自胜者强",我们只有控制好自己的脾气,在面对各种不如意的事情时能够冷静下来想办法,而不是让脾气掌控了自己的想法、行动,才会成为强大的"自胜者"。

然而,这一简单的道理,却被大多数人忽略,这些人甚至由于无法控制脾气而对身边最亲近的人造成了很多无法挽回的伤害。

上个周末,我的一个大学同学突然在微信上跟我说他离婚了。

他的妻子也是我的大学同学,当时我们几乎全班同学都去参加了他们的结婚典礼。所以在知道这个消息的时候,我觉得特别诧异,于是就回复了他三个字:"为什么?"

过了好长一段时间,同学发过来了很长一段话:"就是性格不合吧!其实在和她谈恋爱的时候,我就发现她的一些小脾气,经常会因为一些鸡毛蒜皮的小事和我生气……甚至有时候因为我忘了回她的短信把我堵到男生宿舍门口质问。我当时觉得可能是她太在乎我,或者是因为她年纪太小不懂事,或许以后结了婚就好了。婚后我也一直尽量避免和她发生冲突,却没想到最后还是到了无法收场的地步。"

我问他:"真的没有缓和的余地了吗?或许你们都静下心来好好谈一谈就好了。"

他回复:"没用的。你不知道我这些年过的是什么日子,我们天天在家吵架,她甚至就因为我做菜多倒了点酱油就能骂我半天,有时候我下班了宁愿去公园坐着也不愿意回家。最近因为女儿上学的问题,我晚交了择校费,导致女儿没有去成市里最好的小学,她已经和我吵了好几天了,天天骂我没用、窝囊废……我实在是受不了了。"

我试着安慰他:"那就趁着这次,都好好反思一下吧!毕竟孩子都那么大了,能在一起还是接着在一起吧。"

同学说:"其实我一直都很喜欢她,也总是想着她有一天能改掉自己的坏脾气,也希望我们能给孩子一个宁静温馨的家。但是我发现她改不了,再这样拖下去不仅我会崩溃,对女儿也没什么好处……"

看完同学的话,我陷入了沉默。

很多时候,我们在解决问题时,总是第一时间想到借助于乱发脾气、借助于争吵来使得自己的想法被别人理解,使得自己的要求得到落实。但现实却往往不如人意,而且慢慢地你就会发现,依靠脾气,非但不能达到自己的目的,反而会让事态恶化。因为每个人都有着自以为正确的想法,每个人也有着自己的脾气,没有人愿意无休止地听你的说教与争吵。

一个经常发脾气的人,久而久之连家人都会觉得厌烦,更何况我们的朋友与同事。

最近公司新来了一个实习生叫王晗,毕业于名校而且在文案设计、策划方面有很多独到的见解,可以看出她是一个能力很好的女孩。然而，负责带她的老同事杨敏却告诉我不想再带她了。

杨敏可以说是一个经验非常丰富的老员工了，而且带过很多实习生，不仅能传授给他们很多非常实用的知识，还会把自己的一些客户介绍给他们，这些对每一个实习生来说都是一个非常大的助力。当时跟王晗一起过来的几个实习生都是慕名而来，想要在杨敏手下实习，杨敏则只挑选了看起来颇有才华的王晗。

可是，没过多久，杨敏就向我抱怨道："我这不是带了一个实习生，而是带了一个小公主啊。"

我好奇地问她发生了什么事。

杨敏带着一丝苦笑，说道："其实这个孩子刚过来的时候，我也是蛮欣赏她的，尤其是她提出的一些想法都特别有创意。但是，我逐渐发现她的情商有些低，经常因为一些小事就乱发脾气，甚至还伤害到无辜的旁人。"

我笑着说："有那么严重吗？"

杨敏无奈地说："怎么没有？！我和另外几个同事曾经商量过，给几个实习生进行一次考核。于是我们布置了一个小任务，让他们合作完成，并让他们自己决定怎么分工，最后把结果交给我们即可，但没想到，一次小小的考核，就闹出了十分严重的事情。王晗和另外几个人讨论的时候，因为出现了一点分歧，在会议室里争吵起来。我们本以为也没什么大事，但是这个孩子一怒之下把自己手里的水杯扔到了对方身上。所幸没造成什么严重伤害，不然真不知道如何收场了。"

我说："后来呢？"

杨敏接过我递过去的一杯水，平复了一下心情，接着说道：

"刚开始,我觉得年轻人难免意气用事,多适应一下职场生活就好了,但后来发生的很多事情彻底改变了我对她的看法。有一些东西我给她讲过一遍她还不懂,就会着急地摔书摔椅子,而不是告诉我哪里出了问题。很多时候我也不知道怎么帮助她。还有一次,我让她和另一个实习生合作一项任务,因为对方动作慢了些,她就当着大家的面对人家发脾气。最后任务也没完成,两个人也变成了死对头。"

虽然向我频频抱怨,但杨敏回去后还是接着带着王晗继续实习。遗憾的是,因为难以克制自己的脾气,王晗错过了很多次深入了解新知识的机会,也错过了与他人合作完成项目的成长经验。乱发脾气,并没有让她按照自己的预想获得事业上的发展,反而给自己带来了难以挽回的损失。

有句话说:"人人都懂得大道理,却难以控制小情绪。不成功,不是因为懂得少,想不到。往往是因为缺乏控制力。"真正有情商、有能力的人,从来不会依靠脾气来征服他人。

提高声调的呐喊,并不能说明一个人多有本事,只能显示他的无知与愚蠢。

脾气不会帮我们解决任何问题,只能成为我们人生道路上的阻碍。只有学会克制自己的脾气,平心静气地面对遇到的一切困难,理智分析,积极寻找办法,才能让我们比别人更容易接近梦想。

办事要有方有圆，
你的路才能长远

《淮南子》中的"智欲圆而行欲方"也说明了这个道理，即做人既要懂得圆滑变通也要坚持自己的原则与骨气。

一天，正在上小学的小侄女跟我说："我发现，自从我当了班长后，同学们都越来越不喜欢我了。"

"哦？那你是怎么当班长的啊？"我笑着问她。

她说："我看到有人上课搞小动作、不认真写作业、打扫卫生不干净就会管理他们。可是，有时候我觉得他们都是在故意和我作对，我说的话他们从来都不听。于是，我只能告诉老师，让老师批评他们。但是渐渐地，我发现同学们都不喜欢和我玩了，甚至我最好的朋友宁宁也对我爱答不理的。"

我问她："你都是怎么管理他们的？"

小侄女想了想，很认真地回答道："我一直想做一个合格、负责任的班长。看到有同学犯错误,我会狠狠地批评他们,并把他们的名字写在黑板上,直到他们改正;发现他们卫生打扫不干净,我一般会罚他们连续打扫三天卫生。"

小侄女觉得自己做得非常正确,说起话来也义愤填膺的。

我不禁向小侄女说道:"你是一个好班长,初衷也是好的,希望能维持好班级秩序,帮助同学们进步。但做起事情来一定要讲究方法,不能太严格,为什么不尝试着改变一下做事方法呢?"

小侄女听了我的话,若有所悟地点点头。

过了一段时间,小侄女高兴地跟我说:"叔叔,现在我觉得同学们对我的态度好多了!"

我听了,很高兴地问她:"是吗?为什么啊?"

小侄女说:"后来,发现有同学上课不认真听课,我会细致地给他们补上漏掉的知识点,然后再友好地提醒他们一定不要因为说话捣乱耽误了听讲。发现有同学不好好写作业,我会问他们是不是有不懂的地方,然后就找会做这道题的同学为他们讲解。再遇到不好好打扫卫生的情况,我会问清楚到底是值日生的原因还是其他同学没有保持好,然后再做决定。"

督促同学们认真听讲、按时完成作业,这些都意味着小侄女无疑是一个非常有原则的孩子,也是一个负责任的好班长。但是仅靠原则与负责是不能管理好一个班级的,在遇到问题时,还需要学会变通,有灵活的应变方法。

要知道,我们处在人际社会里,大多数时候,我们更需要在坚持自身原则的情况下，采用灵活多变的方法与态度来达到我们的目的。尤其在我们的日常生活和事业发展上，更是如此。

我有一个远房亲戚叫张力，在老家县城做化妆品生意。

近几年由于人们生活水平的提高，化妆品市场非常火爆。仅去年一年的时间，在张力店面的周围就新增了六家化妆品店。但是张力依旧乐呵呵的，好像这些竞争者丝毫没有影响到他的生意——他依然拥有固定的客源，每个月还会不断有新客户出现，生意规模上甚至有逐渐扩大的趋势——前几个月，他又开了一家分店。

我跟他开玩笑说："力哥很有商业头脑啊！市场竞争这么激烈，你还能毫不费力地保持长盛不衰。"

张力笑着说："哪有什么头脑，只不过是比别人懂得方圆罢了。"

我很好奇，问他的"方圆"指什么。

张力说："做这行久了，一般都能发现一些赚钱的秘诀，比如说'假化妆品'。"

我说："时间久了，顾客就会发现，这岂不是自砸招牌的做法？"

张力说："对啊，但是很多店就是想不明白啊。一般一套化妆品能用大半年，他们进一套假化妆品，基本就几十块钱，转手就能卖几百。再加上一些促销打折活动，短时期内的确能狠赚一把，也着实让我十分羡慕。"

我接着问他："那你怎么没紧跟'时代潮流'啊？"

张力答道："刚开始也不是没想过，但是我知道，那些丢失掉原则和底线的商家，只会在一开始尝到些甜头，可这毕竟不是长久之计，刚开始发展得越快，之后死得就会越惨。虽说'无商不奸'，但是做生意的底线坚决不能触碰，一个合格的商人是要有原则的。所以我坚持'诚信'二字，即使成本偏高，但我依然一直坚持从正规渠道进货。"

由于不具备价格优势，所以那时生意十分惨淡。有时甚至一星期卖不出去几套化妆品，眼看店铺马上就要关门，张力十分着急。但是即使在这个节骨眼儿上，他一点也没有动过卖假货的念头。

为了让顾客知道自己产品过硬的质量，他干脆破釜沉舟，赔本开展了免费体验活动。经过真假对比，店里顾客渐渐又开始多了起来。为了留住顾客，张力对外承诺卖出一套假货赔款一万元，并经常请专业的化妆师定期向顾客传授化妆技巧。这样一来，张力不仅保住了一批老顾客，还吸引了源源不断的新顾客。

张力高中没毕业就做起了生意，和别人比起来在学历上并不占什么优势，却能脱颖而出，生意做得风生水起，只是因为他的情商较高，比别人更懂得做人之"方"与做事之"圆"。

他始终坚持自己的原则与底线，面对利益的诱惑，毫不退让，坚守内心。在坚守原则的基础上，他并没有固执死板，面对生意惨淡的景象坐以待毙，而是积极地寻找办法，采取灵活多变的经营方式，用其他亮点吸引顾客。

"方"与"圆"的完美融合，最终让他在激烈的市场竞争中，立于不败之地。

《淮南子》中的"智欲圆而行欲方"也说明了这个道理，即做人既要懂得圆滑变通也要坚持自己的原则与骨气。

"方"是有棱角的，一味地"方"会让我们不断地伤害到别人和自己。而一味地"圆"更会让我们迷失自我，渐渐丧失独立的人格。唯有坚持方圆结合、有方有圆，才能让我们在保持人格、精神独立的同时，取得更大的成就。

心平气和才能走得更远

人的一生当中，总会遇到各种各样的挫折与磨难。我们无法阻挡，只能平静地看待并且坦然地接受。只有这样，我们才能够冷静且理智地寻找到解决问题的办法，才能够时刻对这个世界拥有足够的好感。

苦难如此，而生活中遇到的种种"幸运"更是需要我们以平和的心态看待。

很多人都曾思考过这样一个问题：心态到底有多重要？

虽然相较于可以轻易显现出的能力、智力来说，心态好像更加默默无闻，但是不同的心态，往往会让许多不同的人面对同样的事情做出不同的选择，获得不同的结果。

如果我们遇到一点事情就怨天尤人、患得患失，那么就只能获得消极的结果；如果我们能够心怀平和，面对任何事情都能够宠辱不惊、泰然自若，则无疑会获得积极的结果。

与此同时，拥有平和的心态，能够让我们在浮躁的社会环境中保持轻松愉悦的生活，也能让我们更好地把握生活的节奏，做更好的自己。

我一个朋友叫祁同，与别人合伙做服装生意。

前几年，他们的生意越做越大，眼看就能筹集到足够的资金，成立自己的服装厂了，合伙人却突然卷钱跑了。

当大家都想安慰他时，他却说："这有什么？大不了从头再来呗，反正我现在也有经验了！"当祁同借钱又贷款终于凑够钱，准备东山再起的时候，一直在身后默默支持他的妻子却突然遭遇车祸去世了。

我们都担心祁同过于悲伤，经受不住这样残酷的打击，而做出不理智的行为。可是祁同却努力调整好自己的心态，很快便缓了过来。他对我们说："没办法，生活总是会有很多磨难，想开了，看淡了，也就不觉得有什么不公平了。"

他把自己的全部精力都放在了自己的服装生意上，主动和自己以前的老客户联系。谈成了，继续和他们进行友好合作；谈不成，他也从不抱怨，而是默默地寻找新客户。渐渐地，祁同的生意又慢慢好了起来。

就在去年，祁同终于积攒了一笔钱，并创建了一家规模不大不小的服装厂。在我们大家都为他松了一口气的时候，厄运再次降临到了他身上。

服装厂发生了火灾，所有新进的布料都毁在了这场火灾当中，机器设备也损毁了大半。

这件事发生后,祁同只说了一句:"是我疏忽了,反正还有场地,从头再来也容易。"

人的一生当中,总会遇到各种各样的挫折与磨难。我们无法阻挡,只能平静地看待并且坦然地接受。只有这样,我们才能够冷静且理智地寻找到解决问题的办法,才能够时刻对这个世界拥有足够的好感。

苦难如此,而生活中遇到的种种"幸运"更是需要我们以平和的心态看待。

我之前接触过一个客户老陈,虽然当时他已经五十多岁了,却仍然只是与我们合作的公司里的一个小职员,但举手投足之间却显得与众不同。

所以,我认为以他的学识和能力,不应该仅仅只是一个默默无闻的小职员。于是出于好奇,我便和他攀谈起来。

我问他:"您做这行多长时间了啊?"

他说:"我在这家公司才干了一年。但之前我自己开公司,干了大概有二十年了。"

我很好奇地问道:"那您为什么不继续开公司了呢?这岂不比给别人打工好?"

老陈点了一根烟,猛吸一口,又叹了口气,说:"事到如今,我也不怕别人笑话,是我自己把自己的事业毁了啊!"

我生怕自己触动老陈不好的情绪,便不想再追问。但老陈却自顾自地回忆了起来:"我二十多岁的时候,就开始自己创业。

刚开始的时候特别艰难,但我依然坚持下来了,毁就毁在我的事业有起色后。"

我继续保持沉默。老陈又接着说道:"后来,我赚了点钱,加上在业内有了点名气、地位,就渐渐沉不住气了。开始的时候,我只是有点大手大脚,经常动不动就去五星级酒店等高级场所,买一些奢侈品,但后来,我变得更加浮躁了。"

我忍不住问道:"那您后来怎么了啊?"

他说:"当时我怎么也无法摆正自己的位置。其实我的世界还跟以前一样,每天仍然需要做那些工作,仍需要按时回家,但是我的内心却不平静了。有了外遇,并开始沉迷于赌博。"

老陈熄灭了自己手中的烟,接着说道:"后来,妻子发现我有了外遇,一怒之下和我离婚了,并带着女儿回了娘家。后来我因为赌博,不但把公司赔了进去,还欠下了许多债务。直到那时,我才清醒过来。之后,通过干各种杂活、给别人打工,我才还清了债务。所幸妻子看到我改过自新,又回到了我身边。"

最后,老陈说道:"原来,一个人的心态真的能够影响到他的人生。好的心态,才能让人越走越远,否则,就只能早早地摧残自己,甚至跌落进绝望的境地。人生处于低谷时,需要摆平自己的心态,通过自身的努力改变自己的生活处境,而不是一味怨天尤人;处于巅峰时,更应该时时清醒,让自己的心平静下来。只有这样,生活才能平静地继续下去。"

诚然,当我们遭受生活打击的时候,很多人能够冷静下来,并拿出"扼住命运的咽喉"的姿态与之搏斗。但若收到来自命运的"礼物"时，却很少有人能够继续用平静的心态自处。

对于生活中的幸与不幸，保持平静的心态十分重要。而学会正确地认识自己，更为重要。

晓艳是学校的健美操运动员，经常在比赛中拿奖，每当有人与她谈论健美操或者她得奖的情况时，她都会觉得非常骄傲，甚至觉得高人一等。

但在她身上却也时时显出另一种极端的性格：自卑。因为她经常觉得自己除了健美操什么都不会。

每次上除了健美操之外的课程，即便是老师提问一个非常简单的问题，她都仍然回答不上来时，会觉得非常尴尬。她还发现同学们在课外有着各种各样的特长，会弹钢琴、会拉小提琴、会书法……而自己，从小就只会健美操。

这种矛盾的情绪一直伴随了晓艳好几年的时间，直到她遇到了一位残疾的化妆师。

有一次，她去另一个城市参加健美操比赛，在准备阶段，她没想到竟然是一个残疾人为自己化妆。

然而，化妆师却看起来非常乐观，化妆技巧也高于她之前见过的任何一个化妆师。

晓艳出于礼貌，赞叹道："您是我见过的技术最好的化妆师了。"

化妆师笑着说道："我知道自己除了化妆什么都不想做，也做不好，所以就在这一件事上做到极致，对于其他事情，我绝不强求自己，只需要尽力就好了。"

听到这句话,晓艳慌乱的心态顿时平静了下来,进而也想清楚了困惑自己已久的问题:"对啊,我除了健美操什么都不想做,也做不好,就在这一件事上做好,其他事情尽力就好了!"

不要被"欲望"牵着鼻子走

有不少人感叹社会的复杂、人心的复杂,但从来没想过,是自己变得复杂了,是我们在生活与工作当中产生了过多的欲望,给自己造成了许多不必要的压力,让我们的生活更加艰难起来。

我有一个堂哥。

记得小时候他学习成绩比我好,但我很擅长写作文,经常得到大人的夸奖。他很不服气,经常偷偷熬夜看书,希望能在写作方面也超过我。经过一年多的努力,他终于也能靠着写作文得到大人的夸奖,但视力急剧下降,成为我们一群孩子当中第一个戴眼镜的人。

长大后,他进了一家房地产公司工作。房地产是一个压力非常大的行业,每个月都要求员工完成一定的业绩,月末还会有业绩评比,表现优秀的员工理所当然会升职加薪。

堂哥不愿意落在任何一个员工后面，经常加班加点地工作，很多时候一天只吃一顿饭。那个时候他的身体就出现了很多问题，但他从没想过去医院检查，害怕少谈了几个客户落在别人后面。

在家里也一样，他给自己的儿子定下了每次都考班级第一名的目标。每次当儿子达不到这个目标的时候，他都会气急败坏地加以训斥，认为儿子"不争气""丢人"……

这样的要求让他的生活水平比我们都要高一点，但可以看出他过得并不快乐。当他顺利成为那家房地产公司的经理后，却又常常为自己没有早早成立自己的公司而叹气。当儿子如愿以偿进入当地最好的初中后，他又开始嫌弃儿子动手能力差、人际交往能力差……

生活本来就充满了坎坷与磨难，我们尽自己的努力做好自己就好。

然而，我这位堂哥却把生活过得过于复杂了，过多的欲望给他造成了极大的压力。他不仅迈着吃力的步伐在人生之路行走，甚至还背着重重的行囊努力地匍匐前进，并为了不落在他人后面日夜兼程，最终拖垮了自己。

其实很多时候，我们只需要丢弃过多的欲望，简单一点，做到心平气和，便能更为轻松地前行。

我有一个同学曾乾，便是这样的人。

记得一次我和他一起参加一个演讲比赛。比赛之前，我特别紧张，害怕自己表现不好、害怕拿不到名次，但曾乾却显得特别淡定，我好奇地问他："你不紧张吗？"

他说："不用紧张啊！我也不强求拿到名次，也不奢望得到老师和同学们的认可，只发挥自己的最好水平就行了！"

然而，在那次比赛中，很多像我一样渴望拿到名次、获得认可的人因为过于紧张出现了很多差错，而曾乾这个无心于"功名"的人反而比我们发挥得都要好。

后来，我发现曾乾在面对考试时也是一样地泰然自若。他对我说："不要老想着自己要拿到什么名次，因为想也没用啊。最重要的还是在考前认真准备，好好复习，如果自己有那个能力，自然就能拿到，没那个能力，就只能再努力了。"

曾乾在参加工作后依然如此。他从不奢望自己事事都在人先，也从不想自己取得多么大的成就，只是时刻保持平和的心态，默默地完成自己的本职工作，如果有能力，就多承担，没能力，也从不强迫自己。结果，他却成了同批参加工作的人中晋升得最快的一个。

曾乾的成功之处，就在于从来没有过多的欲望。因为他知道，过多的欲望只会让他打破内心平和的状态，内心更加慌乱无措，损耗原本就很有限的精力，反而无法专心做好应该做的事情。

人是具有贪欲的。当我们达到一定高度后，便会发现仍然会有更好的。在我们拼尽全力侥幸达到那个目标后，便会沾沾自喜。但一旦达不到，便会对自己产生怀疑，生活在不满与抱怨当中。

有不少人感叹社会的复杂、人心的复杂，但从来没想过，是自己变得复杂了，是我们在生活与工作当中产生了过多的欲望，给自己造成了许多不必要的压力，让我们的生活更加艰难起来。所以，学会放下过多的欲望，满足于简单的生活，也是我们人生必修的课程之一。

记得有一个小故事。

上帝答应两个人要满足他们的一个愿望，但一定要在日落之前把这个愿望说出来，否则就永远没有机会了。

其中一个人想了想，告诉上帝："我们家八口人挤在一个小房子里，生活特别不方便，所以我想要一座又大又结实的房子！"

于是，上帝满足了他的愿望，给了他们一座很大很精致的房子，他们一家人高高兴兴地住了进去，并一致认为这是上帝赐予的最好的礼物。

另一个人却仍然在冥思苦想，难以抉择。

他本来想要一大笔钱，但是想到："要是我生病去世了，要钱也没什么用啊！"

于是就想让上帝赐给他健康的身体，又想到自己身体一直很好，害怕白白浪费了一个大好机会。

就这样犹犹豫豫，直到太阳快落山的时候，上帝有些不耐烦了，问他想好了没有。

他告诉上帝马上就想好了，却慌张得更不知道要什么了。

他想求上帝保佑自己的儿子一生平安，又想求上帝让自己一生衣食无缺，还想有花不完的钱……太阳落山了，上帝头也不回地离开了，他最终也没想好到底要点什么，结果白白浪费了一次求之不得的机会。

冯仑曾说："心平才能气和，气和才能人顺，人顺才能做事。我觉得要心平，就要把欲望控制在一个自己能够驾驭的范围内。"

对世界报之以笑，世界终将回以拥抱

有人说最美的是冬去春来，四季的变换；有人说最美的是山高海阔，自然景观的壮丽。而我认为真诚的笑容才是这世界最美的画面。

2016年8月，一个叫傅园慧的女孩，突然火了。

第一次参加奥运会的她，在取得里约奥运会女子100米仰泳决赛铜牌后，难掩兴奋和激动之情，用灿烂的笑容和俏皮的语言，瞬间收获了很多粉丝。

有网友评论说，像傅园慧这样爱笑的女孩运气不会太差。同样，在职场中爱笑的人运气也不会太差。

俗话说"伸手不打笑脸人"，任何人都不会忍心对一脸笑意的人进行苛责。更何况，爱笑的人非常容易相处，他们即使遇到困难也能一笑置之、乐观对待，身上像充满了阳光一般耀眼、温暖。试想，和这样的人在一起工作，有谁不愿意呢？

公司有位叫赵瑞的员工，曾向我讲述过他在大学假期做兼职的故事。

那次是赵瑞第一次做兼职，为一家健身会所派发传单。当时，他和健身会所的负责人约定好了下午三点钟去领取传单。他原以为坐公交车只需十几分钟就能够到达，却忽略了路上堵车的可能，结果迟到了半个小时。

健身会所的负责人已经等得有些不耐烦了，见到赵瑞就表现出一副气不打一处来的样子。

见状，赵瑞二话没说，上去就握住对方的手，露出充满歉意的笑容："抱歉抱歉，让您久等了，我没想到路上会堵车，真是对不住了！"

负责人这才稍稍消去一些怒容，将一大摞传单递给了赵瑞。

因为是第一次发传单，所以当赵瑞站在人来人往的大街上时，显得有些手足无措，张不开嘴也迈不开腿伸不出去手。然而，当他主动上前推荐的时候，也没有什么效果。半个小时过去了，赵瑞手中的传单一张都没有发出去。

越是发不出去，赵瑞脸上的表情越是凝重、阴沉，好像别人欠了多少钱似的，而他越是拉长着脸，别人越想远离。

就在这时，赵瑞无意中看到了街边玻璃窗中自己的样貌，也被自己的表情吓了一跳。随后，赵瑞似乎想到了什么，一改阴沉的表情，换成了灿烂的微笑。

"下午好！健身会所大优惠……""祝您周末愉快！对健身感兴趣吗？可以看看……"赵瑞面带微笑，重新开始向路过的行人介绍着传单的内容。

结果出乎意料,很多路过的行人,都愿意从赵瑞手上接过传单,还有人向他询问健身会所的具体情况,甚至有不少路过的行人主动找他索取传单。

两个小时后,赵瑞的传单便全部发完了。回到健身会所,负责人大吃一惊:"其他人都需要至少五个小时才能发完这些传单,你这么快就发完了?"

赵瑞说:"我可以再领取一些传单去发,您也可以跟我一起去看看。"负责人将信将疑地随赵瑞下了楼,来到大街上。

当负责人看到赵瑞是如何发传单的之后,终于理解了他为什么可以这么快发完传单。

第二天,赵瑞接到了负责人打来的电话:"小兄弟,有没有兴趣来我们这里工作?"因为赵瑞还在上学,便婉言谢绝了。

从此以后,赵瑞便告诉自己,无论遇到什么事,对自己微笑,也对别人微笑,所有的难题便会迎刃而解。

有人说最美的是冬去春来,四季的变换;有人说最美的是山高海阔,自然景观的壮丽。而我认为真诚的笑容才是这世界最美的画面。

在职场中,一个微笑,能帮你赢得先机;一个微笑,能帮你润滑人际关系;一个微笑,能帮你笑对困难和挫折。

我的朋友张鹏,在北京的一家建筑公司任职,凭借多年的工作经验以及积极乐观的工作态度,成了市场部经理的四位候选人之一。其他三位竞争对手：一位是海归精英，一位拥有MBA（工商管理硕士）学位，还有一位有着多年的跨国公司市场部管理工作经验。

四个人的实力都很强，究竟鹿死谁手，结果很难预测。

半个月后，张鹏邀请我和几位朋友一起聚聚，庆祝他升任经理。

"哥们，你不是说这次竞争相当激烈嘛，你倒是说说你使了什么绝招？不会是美男计吧？哈哈哈……"席间，大家都忍不住调侃他。

"虽然我升任经理了，不过不是市场部经理。我要去外地的分公司担任市场部经理了。今天一方面是庆祝我升职，另一方面也算是给我饯行吧。"他笑着说。

"你这是被流放了啊，怪不得请我们喝酒。原来是心里有委屈，借酒浇愁啊。在北京待着多好啊，跟老板说说让别人去吧。"

"不，你们误会了，我可没有不高兴的意思，我真觉得这是个机会，我挺开心的。"他的脸上还真是没有一点难过的表情，始终挂着笑容。

到了新的环境，张鹏每天清晨醒来的第一件事，就是对着镜子微笑。他说看见笑容满面的自己，就感觉浑身充满了力量。尽管分公司的工作难度很大，但他无论遇到多么难缠的客户，多么艰难的项目，始终不忘挂上绅士般的微笑。

在分公司，由于拓展业务举步维艰，他总是笑着鼓励下属："目前咱们面临一些困难，但是，无论是抱怨、乱发脾气，还是消极和悲观，任何负面情绪都于事无补。只要大家保持好乐观的心态，怀着能够解决问题的必胜决心，一起呐喊着往前冲，就没什么可怕的，对不对？"

看到张鹏阳光、灿烂的笑容，下属们也被乐观的情绪所感染，工作时不禁觉得浑身充满了力量，就连面对各种困难时，也能积极地心怀希望。

笑对困难的背后，隐藏的是对生活和事业的乐观态度。有了这份豁达和乐观积极的态度，相信是没有什么困难可以阻挡他们前行的。

正如马云所说："如果你靠别人的鼓励才能发光，你最多算个灯泡。我们必须成为发动机，去影响其他人发光，你自然就是核心。灯泡与发动机的区别就是，一个是通过索取别人的能量来让自己发亮，一个是自己创造能量。"

一年之后，张鹏和他的团队，获得了全公司第一的优异业绩，他也因此被调回总公司，升任总经理助理。

对世界报之以笑，世界终将会善待积极乐观的你。

因为笑容是最动人的语句，也是最珍贵的交流。遇到困难、挫折，看不到希望时，笑一笑，是对自己最好的鼓励。

微笑更是国际通用的语言，它具有超强的穿透力和魅力，能够直达人心，感染他人。所以情商高的人，不只对自己微笑，也喜欢对别人微笑，用笑容激励着别人。

如果笑容可以是一份礼物，我希望送给所有人一抹微笑，让深陷困难中的你勇往直前；让处于顺境中的你，更加自信从容；

让困于失败中的你更加坚强。

  如果你也喜欢微笑,那么就这样一直微笑下去。如果想让世界给予你温暖,请记得要先给予灿烂的笑容。

Part 10

唯有每个人都"傻"一点,少计较一点、多付出一点,家才会越来越温馨,生活才会越来越美好。

拥有幸福家庭,成为人生赢家

学会在小事上"傻"一点

家,是由每一个家庭成员之间的关心与爱护组成的。斤斤计较,会让家变得冰冷、没有人情味。唯有每个人都"傻"一点,少计较一点、多付出一点,家才会越来越温馨,生活才会越来越美好。

李岩是我一个朋友,刚结婚半年,却经常因为一些小事和自己的妻子吵架。

一天晚上,外面下着雨,他又跑到我家里,说要借宿一晚。

我看着坐在沙发上仍一脸怒色的他,笑着问道:"怎么了这是?谁得罪你了?"

李岩叹了口气说道:"哥,快气死我了!今天我谈业务东奔西跑地忙了一天,回去后才想到今天晚上该我做饭了。可是我实在不想动弹了,就想着等媳妇回来带她出去吃点算了。谁想到她回来看见我什么都没做,冲上来就把我手机抢过去扔在了地上。

我一着急，和她大吵了一架，就跑出来了。"

我问道："什么叫该你做饭了？你们俩多互相体谅点吧，谁有精力谁就做，计较这么多干啥？"

李岩说道："是这样的，我们俩制定了一个值日表，像拖地、洗碗、洗衣服、做饭这些事，都在时间上有严格的规定，今天她做这个，明天我做那个。"

我听了觉得又好气又好笑："那要是一个人遇到点突发情况做不了怎么办？或者遇到你们值日表没有规定到的事情怎么办？"

李岩无奈地说道："大多时候，遇到意外情况我们可以商量请对方帮忙，改天再还回来。遇到心情不好或谁都不想干的时候，我俩就很容易吵起来，就像今天这样。看来，家务值日表还得慢慢补充，总有一天会完善的。"

我问道："你们这样觉得有意思吗？感觉不像是一家子，倒像做生意，谁也不想吃一点亏。"

李岩说："刚开始我也不想这样，但是我害怕两个人因为这些小事儿闹不愉快，才想出这么个办法。谁知道，现在每天还会因为谁干多了、谁干少了而吵架。"

我劝道："兄弟，日子不是这么个过法。既然成了一家人，就该有个家人的样子，齐心协力为这个家付出，一些鸡毛蒜皮的小事儿能不计较就不计较，尽力多承担。自己'傻'一点，家就能更好一点。"

李岩听了我的话，陷入了沉思。

过了好大一会儿，李岩又说道："哥，我想明白了。其实我自己在很早之前就想改变一下了,但就是有些不服气。而计较那么多,两个人都过得很累。其实都是一家人,何必呢?我这就回去道个歉,顺便给媳妇买点饭!"

下次遇到李岩,已经是两个月后了。

他很高兴地跟我说:"我那次回去后,就把值日表撕了。每天一有时间就主动拖地、做饭。媳妇看我这样,觉得很不好意思,也主动承担更多的家务活。现在我们俩已经很少再因为这些小事情吵架了,家里的氛围也越来越好。"

中国人常喜欢说"清官难断家务事",家本来就是一个格外注重感情的地方。成为一家人后,我们就要时刻思考着怎么把这个家维持好,怎么让我们的家庭成员过上更舒适的生活,而不是整日计较"谁付出多、谁付出少"的问题。

"难得糊涂"更应该成为我们处理家庭关系的准则。鸡毛蒜皮的小事,能过去就尽量过去,时间久了,你就会发现,自己多付出点或者受点委屈,比起家庭的幸福来说,都是值得的。

我的伯父、伯母就是一个很好的例子。

小时候去伯父家住,总觉得他们家和我们家有一些不同。在我家,母亲几乎承担了所有的家务:买菜、做饭、擦桌子、洗碗、洗衣服……父亲似乎只负责下班后坐在沙发上看电视。

但伯父和伯母,显然并不是这样。每天早上六点半左右,伯父总是按时起床去买菜。十几分钟后,买回来菜的伯父又赶紧把菜洗干净、切好了放在厨房,然后开始扫地、拖地。

伯母到七点多才起来炒菜、做饭。吃完饭，伯父总是又很利索地收拾桌子、洗碗。

每天晚上，伯父下班后又会顺路买回来菜，帮伯母洗干净，然后就开始收拾我们玩得乱糟糟的家。吃完饭，伯父负责洗碗，伯母开始洗衣服。

后来，我发现他们还有很多让我吃惊的事情。每次伯母心情不好，说话着急或者骂伯父的时候，伯父也不还嘴，在一旁静静地听着，有时候还微笑着附和。而遇到伯父生气的时候，伯母也是这样。但不管他们多生气，总是很快就能和好，仍旧说说笑笑好像什么事情都没发生一样。

回家后，我问母亲："妈妈，伯父总是帮伯母干活，他们俩总是和和气气的。你为什么不让爸爸也帮你分担点呢？"

母亲笑着说："都是一家人，说什么分担不分担呢！你爸爸的工作比我忙、比我累，我多做点也是应该的啊，况且也不是什么重活儿。跟自己的家人计较，就没意思了。"

我又说道："那为什么不管伯母说什么，伯父都不生气啊？还有，伯父有时候不高兴骂伯母两句，伯母也从不跟伯父吵。"

母亲想了想，又说道："你伯父、伯母其实都是聪明人，他们都知道家的重要性，也都愿意为家付出、包容，这才是生活的最好状态。"

当时年纪小，对母亲的话似懂非懂。现在回想起来，才明白其中蕴含着简单却又被大多数人忽略的道理。

当时有几个亲戚总是笑话伯父"妻管严"——一个大老爷们天天在家擦桌子扫地。但事实上，伯父和伯母的家庭关系却比他们任何人都要好，伯父家的氛围也是最融洽的。

母亲又何尝不是如此。父亲帮忙做家务，母亲会很高兴地表示感谢。父亲如果因为工作太忙，而没有时间做家务，母亲也从来没有任何怨言，能做多少就做多少，尽量为我们提供最好的家庭环境。

老一辈人看似很"傻"，却把一个家维持得比自以为聪明的年轻人要好得多。

家，是由每一个家庭成员之间的关心与爱护组成的。斤斤计较，会让家变得冰冷、没有人情味。唯有每个人都"傻"一点，少计较一点、多付出一点，家才会越来越温馨，生活才会越来越美好。

所以，请记住，要在小事上"傻"一点。

不要再计较上次是谁做的饭，谁洗的衣服，谁接的孩子；

不要再计较父母给兄弟姐妹多一点，还是给自己多一点；

不要再计较自己挣了多少钱，为对方、为家庭花了多少钱；

也不要再计较家人一句无心的过失，一次无聊的吵闹。

只有这样，才能让我们在生活中更加轻松，让家人之间的感情更加牢固。

爱，
是一种能力

爱是一种能力，我们不仅要爱，还要会爱。把自以为的爱强加到别人身上，只能给别人带来压力和痛苦。拥有爱的能力的人，总是会努力搞清楚别人需要的是什么，然后提供给他人恰如其分的爱。只有这样，自己的付出才会有回应，爱才有价值。

曾经看过一个节目，让我印象非常深刻。
电视台邀请了50对父母和他们的孩子，进行一项调查。
主持人问父母："你们爱自己的孩子吗？"
几乎所有的父母都异口同声地回答道："爱！"
接着，主持人问道："平时，你们爱自己孩子的具体表现是什么？"
一位父亲站起来，骄傲地说道："为了让孩子有出息，我花了很多钱，帮他报各种兴趣班，现在我的孩子可谓'琴棋书画，样样精通'了。"

这位父亲刚在一片艳羡的目光中坐下去,一位母亲又站起来说道:"为了能让孩子得到更好的教育,我们把他送到了省外的一家知名中学,而且,我甚至辞去了自己的工作过去陪读!"

另一位母亲紧接着说道:"我以前从来不做饭,但自从有了孩子,我担心外面的饭菜不干净,从不让他乱吃。天天在家研究菜谱,争取每天都让他吃到味道鲜美、营养均衡的饭菜。"

很多父母甚至不等主持人提问,都七嘴八舌地讨论起对孩子的爱来。

这时,主持人微笑着打断了父母们的讨论,并请他们暂时回避一下,要单独和孩子们聊一会儿。

当所有的父母都离开后,主持人问道:"孩子们,你们觉得你们的父母爱你们吗?"

同样,几乎所有的孩子都异口同声地答道:"爱!"

紧接着,主持人抛出了第二个问题:"那你们对父母的爱满意吗?"

孩子们听到这个问题后,都低下了头,不说话了。

主持人叫起一个孩子来,问道:"你对爸爸妈妈的爱满意吗?"

这个孩子羞涩地回答:"不满意。"

主持人问:"为什么呢?"

他继续说道:"我就是那个我爸爸说的'琴棋书画,样样精通'的孩子,我爸妈不论做什么都说为我好,这我心里也都知道。他们自己平时什么都舍不得买,把钱都花在了我身上。但是我真的不喜欢那种生活，我只希望自己周末能像别的孩子一样跟父母逛逛街或者在家里一起看看电视，聊聊在学校发生的事，但是从来都不敢说，害怕他们伤心。"

等他说完，其他孩子也打开了话匣子，另一个孩子说："我也不想吃妈妈做的营养套餐，只想吃炸鸡！"那个说："我都这么大了，一点儿都不想跟爸妈一起睡了，但妈妈总是说我小，不让我一个人睡。"……

主持人好不容易让孩子们安静下来，父母又被重新请了进来。

原来父母在场外也可以看到场内的直播视频，很多父母进来后，眼圈都是红的。

在节目结束的时候，很多父母说道："我们一直以来，都以为爱孩子就是把自己最好的都送给他。现在才发现，我们竟然爱得这么差劲，甚至连爱是什么都不懂。我们从来都没问过孩子需要什么，就把自以为最好的爱强加给他们，反而给他们带来了伤害……"

确实如此，几乎人人都懂得要爱自己的家人，爱自己的朋友，爱自己的同事，但却很少有人去反思，爱是什么。

我们经常错误地认为，爱就是付出。于是就把自己所拥有的都献给了我们最爱的人，还认为自己是为家付出最多、贡献最大的人。有时还会以爱的名义强迫别人认同我们，甚至要求别人对我们的爱心存感激、有所回应。

这种看似波涛汹涌的爱，有时候恰恰是让别人溺死于其中的洪流。

要知道，一味付出的爱，其实也是一种不负责任的表现。我们成全了自己"好儿女""好丈夫""好父母"的形象，却忽略了身边我们最爱的人的真实感受。

有很多时候，他们只需要一杯水，我们却还在为自己给了他们一床厚厚的棉被而沾沾自喜："看，我多么爱他们！"

其实，爱是一种能力，我们不仅要爱，还要会爱。把自以为的爱强加到别人身上，只能给别人带来压力和痛苦。拥有爱的能力的人，总是会努力搞清楚别人需要的是什么，然后提供给他人恰如其分的爱。只有这样，自己的付出才会有回应，爱才有价值。

刚工作的时候，每次回家都会给父母带回很多特产。父母每次总是笑笑说："买这些东西都没必要，你能平安回来，多陪陪我们，我们就知足了。"

那时的我总是不懂，一回老家就跟着一群朋友在外面疯玩，有时候甚至好几天不回家。每次回去上班的时候，父母总是脸上带着许多不舍，说要是能在家多待几天多好。

我爱自己的父母，经常给他们买各种吃的、用的，自以为尽到了做儿女的孝心。后来却发现，比起父母来，我的爱原来既自私又狭隘。

我把自认为对的爱和别人眼中的孝顺给了他们，却从来没想过父母真正需要的是什么。他们并不是要我买多少东西，只是想让我多陪陪他们，多打几个电话，而我却忽略了他们小小的心愿,还以为自己做得很好。

之后,我不管工作多忙,总会抽出时间回去看看他们。有时候虽然不带什么东西,但看着他们高兴的样子,我很庆幸自己及时明白了他们真正想要的是什么。

刚结婚的时候,我和别的年轻人一样,希望给另一半多制造一些浪漫。

于是我总是喜欢给妻子买一些小礼物,也学别人偷偷地把巧克力放在她的包里。

别人都说我很爱她,我也觉得自己费了很多心思,把自己的空闲时间都给了她。

直到有一天,妻子跟我说:"你经常花时间给我制造一点小惊喜,有时候也的确很让我感动。但是,我觉得我也并不需要什么礼物,你能每天早上陪我跑步吗?或者周末的时候多陪我去公园走走,这些不比礼物有意思多了吗?"

那时我才明白,自己的爱原来是如此地盲目和自以为是。我自认为付出了很多,却从来没想过妻子需要的是什么。

爱,是一种能力。说简单也简单,尽自己所能提供给家人最需要的东西就好。说难也难,因为绝大多数人从来都没有真正地用心思考,也从不反思自己。

所以,从现在起,认真想清楚家人的需要再提供我们的爱吧。这样,你就会发现,爱原来也可以很轻松。

高情商是家庭关系的"润滑剂"

"家家有本难念的经",家庭中难免产生矛盾与分歧。然而,家庭这本"经"难念并不代表念不好。而高情商,正是我们念好这本"家庭经"的必备工具。

田天最近很苦恼。

他和妻子由于一点小事闹起了矛盾,后来越闹越大,最终只能以离婚收场。

不管别人说什么都无济于事,其实田天自己心里明白,两个人的矛盾由来已久,只是到现在才爆发。

事情是这样的。因为做生意,田天认识了很多朋友,经常三天两头地被叫出去吃饭,偶尔还会去唱唱歌,有时候甚至会到半夜才回来。

每次回来后,田天自然免不了和妻子争吵一番。每次吵完架,两个人谁也不肯低头,只能在沉默和冷战中不了了之。但是，矛盾只是暂时被压制，并没有得到根本解决。

那天，田天又出去和朋友唱歌，直到凌晨两点才回到家，还因为喝多了而吐在了床上。于是，妻子再也忍受不了了，冲田天吼道："这样的日子趁早别过了，你去和你那群朋友过吧！"

田天本来因为晚回家而心生愧疚，只低着头，什么反驳的话也没有说。但妻子依旧絮絮叨叨地翻旧账："整天就知道吃、喝、玩，上次我回来忘带钥匙，给你打电话死活不接，回来却告诉我KTV声音大，听不到手机铃声。还有上次……"

"行了！"田天粗暴地打断了妻子的话，"你以为我愿意出去吗？那些都是生意上的客户、朋友，我不出去交际，以后还做不做生意了？你就不能理解我一下吗？"

妻子听完后更加生气了，说道："你这么晚回来还吐到床上，我都没骂你，你反倒还凶起我来了。你总是让我理解你，但是你理解过我吗？现在我觉得这个家有你没你一个样，还不如我自己过省心呢！"

说完后一摔门就出去了。

这件事中，两个人都觉得自己非常委屈，妻子觉得丈夫从来都不顾家，每天在外面玩到半夜才回来；而丈夫觉得自己做的这一切都是为了让家人过上更好的生活，但妻子非但不理解自己，反而总是跟自己胡闹、生气。

这次冷战，持续了三个月之久，最终，是妻子主动提出了离婚。田天苦苦挽留无用之后，只能同意。

面对这种情况，其实只要两个人当中有一个人愿意平心静气地商讨，低头认错，找出解决问题的对策，事情就会有回旋的余地。

然而，情商低的人只懂得争吵、寻找对方的过错，永远不会静下心来，冷静地寻找办法。等到最后想去弥补两人之间的关系时，却发现为时已晚。

一个本来可以解决的小矛盾，却逐渐演化成了家庭、婚姻当中无法弥补的裂痕，不得不让人感到惋惜。

家庭作为最小的社会单位，自然会存在着各种各样的矛盾。每个人的立场不同、生活观念不同，在面对同一件事情时，自然会产生不同的看法。如果我们不能及时巧妙地处理这些分歧，只能让家庭关系日益僵化，甚至会分崩离析。

高情商的人，在矛盾产生后，总是能够心平气和地想出应对之策，缓和关系，努力维持温馨和谐的家庭环境。

朋友耿晓就是一个典型的高情商的人，总是能够巧妙地处理好各种家庭问题。

耿晓结婚后两个月，就遇到了一个千古难题——婆媳矛盾。

婆媳关系原本就是家庭关系中比较特殊的关系，因为它既不依赖于婚姻关系，更不依赖于血缘关系。一个家庭中，如果想要让婆媳和睦相处，着实有些难度。

有一次，耿晓向我谈起了他刚结婚时发生过的一些故事。他刚结婚没多长时间，他的母亲就隔三差五地喊他回家吃饭。

"这有什么问题？母亲有些不习惯，不过是想让儿子多回家陪陪她。"我回答道。

"这倒没什么,可是每当我说和妻子计划去饭店吃饭时,我母亲就会立刻拉下脸来,语气不善地向我连番抱怨,甚至说出'有了媳妇忘了娘'这样的话,指责我的不孝。尽管我再三保证,甚至答应连续一周回家陪母亲,也没有任何效果。"

"难道你不喜欢回家多陪陪母亲?"

"怎么可能?只是这样一来,我的妻子就会心生不满。我俩已经事先约好了出去吃饭,却因为我母亲频频把安排向后推,计划一旦落空,心中或多或少都会产生失落感的。在妻子心里,我母亲快和破坏我俩感情的人差不多了。每次回家吃饭,饭桌上的气氛总是十分尴尬,明明应该是亲密无间的一家人,却总是像有一道隔阂一般,不是安静地闷头吃饭,就是话不投机。"

耿晓耸耸肩,话里充满了无奈。

在我看来,耿晓的母亲认为耿晓的妻子过于占据耿晓的时间,心中肯定会不乐意。而妻子则因为计划被打乱而心情糟糕。所以餐桌的气氛怎么会不尴尬呢?

婆媳两个人,越来越对彼此不满意,越来越难以接纳对方。如果想要打破这个僵局,避免婆媳矛盾进一步升级,看来还是需要耿晓做些努力了。

再一次回家吃饭时,耿晓灵机一动,想出了一个好办法。

他先给妻子夹一筷子她爱吃的西芹百合,再给母亲夹了一筷子清炒西兰花;这次给妻子先夹了,下次就要给母亲先夹……为了缓解餐桌气氛,不让婆媳"大战"爆发,耿晓做什么事都在心中小心权衡了一下,争取做到不偏不倚,让两位女士的心态能够缓和下来。

后来，耿晓的母亲又向耿晓问道："儿媳妇是不是嫌弃我的厨艺不好？为什么每次回家吃饭总是兴致不高？"

耿晓回答道："您别想太多，妻子巴不得多尝尝您的手艺呢！"

等到和妻子单独相处时，耿晓又会向妻子说道："咱妈今天说你这件裙子显肤色，特别适合你，夸你眼光好呢！"

妻子被耿晓哄得抿嘴一乐，说道："夸我眼光好，还不是在间接夸你优秀呀？等咱下次回家，就把我妈给咱送来的有机蔬菜带过去，让咱妈也尝尝。"

耿晓在婆媳两个人之间充当了缓和关系的"润滑剂"，让她们两个人慢慢开始互动。相处久了，婆媳两个人自然会彼此越看越顺眼，逐渐消除了心理隔阂，关系变得越来越融洽。

就这样，耿晓在面临婆媳不和的问题时，第一时间不是抱怨，也没有做无用的劝慰，而是迅速冷静下来，理智地分析每个人的立场、观点，并尽量找出能让每个人都满意的解决办法。

耿晓的做法显然是高情商、有头脑的表现。他不仅避免了一场可能要发生的矛盾，还使得自己的家庭关系越来越和谐，实在是值得赞叹。

"家家有本难念的经"，家庭中难免产生矛盾与分歧。然而，家庭这本"经"难念并不代表念不好。而高情商，正是我们念好这本"家庭经"的必备工具。学会高情商地处理复杂的家庭矛盾，自然会使我们如鱼得水，轻松地拥有和谐的家庭生活。

别把家庭当成负面情绪的"垃圾桶"

亲人的无条件包容是我们肆无忌惮地、接二连三地从嘴中喷射出如同毒液一般的恶毒言语的资本吗？就因为亲人关系是以血缘为纽带的，比其他的关系更加牢固，所以我们就可以无所顾忌吗？

生活中，我们好似经常碰到这样的人：无论是对公司的同事，还是自己的朋友，甚至是陌生人，只要在外面，就会格外客气，格外有礼貌。但是一旦回到家中，就把心中积蓄的抱怨、不耐烦和暴脾气统统留给了身边的亲人，暴露给那些对我们最好的人。

唐琬便是这样一个人。认识她的朋友，都认为她就如同自己的名字那般美好，温柔大方，善解人意，热情善良，任谁都想跟她亲近，成为最好的朋友。

有一次，同事不小心将她的水杯打碎了，立刻大惊失色。要知道，唐琬最喜欢这个牌子的杯子，做工上乘，外形美观，每天都要花费点时间擦拭一阵，而且这只杯子还是限量款，有钱也不一定能买得到。

正当同事不知所措的时候，唐琬却温柔地一笑，说道："没关系的，不是什么大事。倒是你，别让杯子碎片划伤手指。"

事后，这名同事想尽办法补偿唐琬，唐琬都委婉谢绝了，只是让对方给自己换了个水杯，就平息了这件事情。

除此之外，她对公司新人也格外有耐心。

公司里新来了一名实习生，我把他交给了唐琬。

不知道是什么原因，这名实习生的接受能力有些低，无论交给他什么新内容，都要重复三四次才能记住，独立操作五遍以上才能不出错。要是遇到别人带这名实习生，早就不耐烦地将他放在一边，不再教了。

可是唐琬却是出奇地有耐心，无论实习生在同一个操作环节犯了多少次错误，她都能耐心地指出来，然后像第一次教导那样仔细地讲解清楚。好在这名实习生虽然接受能力低，但凡事能够持之以恒，久而久之，他终于能够独立进行工作了。

公司的同事都对唐琬的这份耐心佩服得五体投地，但唐琬只是轻松地回答道："这有什么？大家都是从新人过来的。"

因为脾气好，所以唐琬的人际关系非常好，在公司里和同事相处融洽，有很多关系亲密的好朋友。可以说，认识唐琬的同事、朋友，没有不喜欢她的。

可是一次偶然的机会，我发现唐琬有着没有展示给外人的"另一面"。

有一次，唐琬到公司以后，才发现自己忘了带手机。同事们都劝她："现在社交软件这么发达，不带手机也没有什么影响。你要是想打电话，找我们借手机就行。"

可是，作为重度手机依赖症患者，没有手机在身边的时候，唐琬的心里总感觉发慌，回家去取手机的话肯定会影响工作，甚至可能被按旷工处理。于是，唐琬借了同事的手机，给还在家里的妈妈打电话，让她把手机送到公司来。

当她妈妈出现在公司门口后，唐琬急忙走过去，抱怨道："怎么这么慢，现在才送过来？"

唐琬妈妈顾不得擦去额角的汗珠，先耐心地向女儿解释道："自行车车胎在路上不小心被扎破了，我推着车子走了二十分钟才找到修自行车的地方，还不小心摔了一跤，我已经很抓紧时间了。"

看到唐琬面露不快，她妈妈有些慌神，连忙问道："怎么样？没有耽误你工作吧？我也不是故意耽误时间的，我……"

"行了行了，我知道了，"唐琬十分不耐烦地打断妈妈的话说道，"没别的事了，你赶紧回去吧。"

"那你在公司里好好工作，千万别一忙起来就顾不上吃饭，少喝不健康的饮料，多喝热水。"唐琬妈妈叮嘱道，眼里流露出深切的关怀。

"知道了，快走吧。"唐琬显然没有听到心里去，只是不停地催促妈妈快离开。

唐琬妈妈在叮嘱完之后，拖着刚刚摔跤时扭到的右脚，一瘸一拐地离开了公司。

唐琬对妈妈如此没耐心，一点都不像平日里熟悉的模样，好像一个陌生人一般。

我不禁问唐琬："你平时在家就是这样和父母相处的吗？"

说到这个，唐琬的脸上不禁带有几分愧疚之色，回答道："不知道为什么，我一对着父母说话，就变得极其没有耐心、极其暴躁。我知道他们都是为我好，是从心里面真正关心我的，可是面对他们所做的一切事情，所叮嘱我的每一句话，我一点都不想接受，甚至会因此感到厌烦。"

其实，在我们的生活中，有很多人如同唐琬一般，把自己最不堪的一面，暴露给亲近的人。

为什么我们总是习惯于如此呢？

亲人的无条件包容是我们肆无忌惮地、接二连三地从嘴中喷射出如同毒液一般的恶毒言语的资本吗？就因为亲人关系是以血缘为纽带的，比其他的关系更加牢固，所以我们就可以无所顾忌吗？

的确，因为某些不愉快，或者恶言劣行，朋友相处不够融洽，可以不再往来；恋人无法相处，可以分道扬镳；只有亲人，不会计较，不会怨恨，相反会宽容我们、安慰我们、谅解我们，而且不会因此而离开我们。

因为我们知道，无论再怎么冲妈妈发火，妈妈总是会端出一盘盘精美可口的饭菜，让我们多吃点，别饿着。

因为我们知道，无论再怎么嫌弃爸爸老土、跟不上时代，爸爸总会在我们生日时捧出一个大大的蛋糕，为我们庆祝生日。

因为我们知道，无论再怎么厌烦奶奶的唠叨，奶奶总是会偷偷塞给我们一大把零花钱，让我们在外地上学时别委屈了自己。

……

我们总是对亲人们有特别高的期待和要求，习惯于向他们倾诉和宣泄心中的委屈和不满；习惯于他们站在自己的身边，无条件支持自己；更习惯于无论我们用怎样的坏脾气来对待他们，他们也不会抛弃自己。

但是，只有低情商的人，才会仗着亲人的无条件包容，一次又一次地用刀剖开他们的心脏，然后再深深地捅进去。高情商的人，绝不会将亲人的包容作为自己口无遮拦的理由，更不会因此将自己最不堪的一面暴露给最亲近的人，不会让那些从别处积累的怨气，发泄到无辜的亲人身上。

亲情，珍贵到享受一日便少一日，我们需要多拿出一些包容和关怀之情，珍惜每一分钟与他们相处的时光，不要在有限的时间里让深爱你的亲人承受你最不堪的一面。

妈妈的话从来不是唠叨

妈妈的话虽然琐碎但却充满了对我们的爱,也将她的智慧、担忧、祝福、做人之道传递给了我们。换言之,母亲在用自己的方式为子女保驾护航。

朋友张建洲曾有一段时间非常烦他妈妈的朋友圈,更烦他妈妈直接将朋友圈的链接转发给他。

"吃小龙虾会得肺吸虫病""桃子和西瓜不能一起吃""最常吃的水果竟然比砒霜还要毒"……诸如此类一眼就能看出是谣言的链接,让张建洲烦不胜烦。

刚开始建洲还可以忍受,假装没有看到,直到他的妈妈一遍一遍地打电话确认"儿子,妈妈给你发的链接你看到了没有"之后,建洲终于忍无可忍了。

"妈,那些是谣言,根本不可信。求你了妈,别再给我转发那些信息了,烦死了。"

"其实，我也知道那些信息不一定都是真的。"建洲的妈妈异常地镇定。

建洲却快要火冒三丈了："那你为什么还要发给我？我每天上班已经很累了，为什么还要一次次烦我？"

"因为你是我儿子，尽管那些消息只有1%的可信度，我也要及时提醒你。我不想将来因为这1%的几率后悔莫及。"建洲妈妈的语气依然是那么平和。

建洲已经觉得自己的妈妈有点可笑和不可理喻了："妈，哪有那么巧的事情。别人吃没事，就您儿子金贵，一吃就有不好的事情发生？妈，我这儿正忙着呢，先挂了啊……"

朋友不耐烦地挂断了电话，而在挂断电话之前，电话里仍是建洲母亲千叮咛万嘱咐的声音："注意身体，少吃垃圾食品，那些乱七八糟的饮料也要少喝……"

相信很多人都有这样的感触，觉得妈妈絮絮叨叨的话很烦。网络上甚至出现一个相关的笑话：当问一个人为什么要穿秋裤的时候，答案绝不会是"我觉得冷"，而是"我妈觉得我冷"。

所以，每次妈妈打电话提醒"今天有雨记得带雨伞""天冷了，记得穿秋裤""那些生的、冷的少吃，对肠胃不好"的时候，我们就会极其不耐烦，一遍遍敷衍道"嗯嗯……好好……我知道了……妈你好烦啊……"，然后像故意和妈妈作对似的，就是不带雨伞、不穿秋裤、吃很多生冷的食物。

确实，面对妈妈的唠叨，你会觉得很烦。但是，妈妈的话从来不是唠叨，是我们的不耐烦和低情商让我们将妈妈关心的话定义成了唠叨。

妈妈的话虽然琐碎但却充满了对我们的爱,也将她的智慧、担忧、祝福、做人之道传递给了我们。换言之,母亲在用自己的方式为子女保驾护航。

然而,当妈妈唠叨我们时,我们会和她顶嘴。我们逐渐长大,有了自己的主见与思想,开始产生叛逆心理,不愿意继续听从父母的指挥。但是,母亲生下我们、抚养我们长大,难道我们就要用这样的方式报答母亲的这份恩情吗?

甚至有时面对妈妈的唠叨,我们会和她产生冲突。谁都有做错事情的时候,谁都有关心则乱的时候,在我们明知道母亲做错的时候,难道就不能控制一下自己的情绪,做到心平气和不与母亲发生正面冲突吗?要知道,争吵只会让我们的母亲感到伤心、难过、失望甚至更加孤独。

老舍说过这样一句话:"失去了慈母便像花插在瓶子里,虽然还有色有香,却失去了根。"我们应该庆幸"子欲养而亲不在"的坏事情没有发生,庆幸妈妈还能够在我们的耳边唠叨,庆幸家的港湾还在。

其实,无论母亲的话有多么烦人,她关注的点永远只有一个,那就是让你过得更好。当别人都在为你的事业成功而欢呼雀跃的时候,你的母亲永远只会说:"钱多钱少不重要,妈妈只希望你能健康、快乐。"

所以,下一次母亲再在你面前长篇大论、滔滔不绝的时候,不要强行阻止她,更不要辩解。因为有一个不争的事实是,母亲在与你说话的时候,其实不要求你完全明白她的意思,完全接受她给你的建议,完全按照她的意见去做,她需要的是你的倾听。

一旦你改变了自己的态度,学会了换位思考,真正理解了母亲的良苦用心,你就会发现母亲的话从来都不是唠叨,甚至会成为你离不开的一种寄托。

建洲深深体会到了这样的感受,并由此做出了改变,让我都有点怀疑他还是不是我之前认识的那个张建洲。

有一次出差正好来到建洲所在的城市,他知道后热情地邀请我去他家吃晚饭。我和建洲坐在客厅谈话的二十分钟内,建洲的母亲叫了他四次,无非就是让他拿水果、拿点心,要不就是叮嘱他好好招待客人诸如此类的话,而且我发现,每次建洲都会耐心去做、认真听母亲说话。

晚上他开车送我回酒店,我好奇地问:"前段时间你还向我抱怨阿姨很烦、太唠叨,想搬出去住躲清净,为什么你今天的态度会有这么大的反差?"

建洲不好意思地笑了笑,说:"以前是自己不懂事,过去的就让它过去吧。其实,前段时间我真的搬出去住了一段时间,但是没住几天我就回来了。搬出去的前几天,我确实觉得耳根清净、周身轻松,也过得自由自在。但是,渐渐地我总觉得好像少了点什么,原来我早已习惯了我妈体贴备至的嘘寒问暖。后来我回到家,看到我妈鬓角的白发、褶皱的双手,我突然觉得妈妈实在太辛苦了。而再次听到妈妈唠叨的话,尤其是当我用心去听的时候,突然觉得我妈的唠叨声才是世界上最好听的声音,也只有我妈的声音才是最亲切、最宝贵的声音,每一句话都是不带半点私心的祝福与充满爱的呵护。所以,我搬回来了。"

　　话到此处,我看到建洲的眼睛已经湿润了,他稍稍停顿了一下,接着说:"刚搬回家的时候,我妈还以为自己的儿子被别人掉包了,总是问我为什么出去住了几天整个人都不一样了?我每次都笑笑不说话,或故意岔开话题。其实我很想和我妈说一句话,却又觉得一个大男人说那样的话太矫情,所以,一直将那句话藏在了心里。"